Ankerplatz

von Carolin Schmidt

Autobiografie

Intro

Inhalt

Keine Kompromisse

Leben im Exil

Die Wissenschaft des Rechts

Zwei Bretter und Schnee

Der Weg zum 2. Staatsexamen

Beamtin auf Probe

Der Start in die Familie

Ein Bruder

Jetzt sind wir komplett

Natürliche Ressourcen

Ein Haus am See

Frau Doktor

Ein viel zu kurzes Leben

Zeit für Veränderung

Schönes Tiroler Land

Eine Insel zum Verlieben

Krieg und Spiele

Geysire, Feen und Trolle

Schmetterlinge im Bauch

Ein kreativer Prozess

Ein früher Tod

Momente des freien Falls

Der weiße Rabe

Nachwort

Intro

Kurz nach meinem 57. Geburtstag erhielt ich von meiner Patentante einen Zeitungsausschnitt zugeschickt. Es war die Todes- und Traueranzeige meines Vaters. Unterzeichnet mit „die Angehörigen", Beisetzung im Familienkreis.
Ich bin bei meiner Großmutter Hildegard aufgewachsen und habe meinen Vater nur zwei Mal in all den Jahren getroffen. Eine Vater-Tochter-Beziehung über zwei Momente des Lebens.

Die Anzeige machte mich daher nicht traurig, sondern neugierig. Wo war er beerdigt, wer waren diese Angehörigen? Über meine Tante fand ich heraus, dass mein Vater Alkoholiker war und mit Mitte siebzig an Krebs gestorben ist. Die Sucht hatte ihn besiegt, seine Beziehungen zerstört. Zuletzt lebte er bei seinem Halbbruder. Ich googelte dessen Adresse und bat ihn, mir den Ort des Grabes meines Vaters mitzuteilen. Einige Wochen später erhielt ich einen Brief mit Babyfotos von meinem Vater und mir, meiner Großmutter Selma und meinen unbekannten Halbgeschwistern sowie weiteren Verwandten. Außerdem eine Anfahrtsskizze zu einem Ruheforst in Oberfranken.

Ich sah es als meine moralische Pflicht an, sein Grab zu besuchen, und fuhr dorthin. „Eine Bestattung in einem Friedwald könnte ich mir auch für mich einmal gut vorstellen", dachte ich mir, während ich vor seiner Urnenstelle stand. Nichts als Gene und unseren Namen teilten wir.

Auf den mir zugesandten Bildern entdeckte ich Ähnlichkeiten im Aussehen mit meinem Vater. Er spielte als Jugendlicher in einer Band, machte gern

Musik, genau wie ich. Außerdem war er in seiner Jugend Ringer, also sportlich, genau wie ich. Gab es noch mehr? Warum war diese Beziehung so rudimentär, dieser Mensch eine Blackbox.

Wie sah es überhaupt mit meinen erlebten und derzeitigen Beziehungen aus? Welche Menschen, welche Erfahrungen, was genau hat mich zu der Person gemacht, die ich heute bin? Würde ich morgen sterben, hätte ich mir davor jemals die Zeit genommen, mir klarzumachen, was meine Basics wären?

Ich blieb lange in diesem friedlichen Wald, und dann machte ich mich auf die

Suche nach meinen Wurzeln und nach Antworten. Und so fing es an.

Erste Erinnerungen

An den Tag meiner Geburt kann ich mich nicht erinnern. Lediglich an ein Foto, das mich auf dem Arm meiner Mutter zeigt.

Meine Mutter verließ meinen Vater, als ich zwei Jahre alt war. Sie ging nach Amerika. Da sie mich nicht mitnehmen und kein Kleinkind betreuen wollte, blieb ich bei meiner Großmutter Hildegard in Gernach. Da sie bereits vier eigene Kinder großgezogen hatte, war sie für meine Mutter eine geeignete Person ihre Tochter aufzuziehen.

Meine besten Freundinnen waren Anna und Conny. Sie wohnten direkt in der Nachbarschaft. Wir trafen uns meist bei Anna im Garten und taten so, als wären wir schon erwachsen. Eine Verabredung „zum Kaffeetrinken". Da Anna, Conny und ich erst vier Jahre alt waren, hatten wir natürlich ein Miniaturkaffeegeschirr, ähnlich wie das der sieben Zwerge aus Schneewittchen. Oftmals wurde der Kuchen entweder von meiner Patentante Brigitte, die im Haus meiner Großmutter lebte, oder von Annas Mutter gestiftet. Beide waren hervorragende Kuchenbäckerinnen. Anschließend spielten wir mit unseren Puppen. Ich hatte eine Puppe, der man kleine Schallplatten einsetzen konnte. Dann konnte sie sprechen. Mit unseren Kinderwägen gingen wir dann spazieren und besuchten Annas Oma. Eine sehr liebe alte Dame, die aber häufig das Bett hüten musste, da sie aufgrund eines Herzleidens schwächelte.

Der Sommer 1969 war wunderbar, bis Anna angelaufen kam und sagte: „Die Oma ist gestorben!". Als Kind, gerade mal vier Jahre alt, war ich dem Tod noch nie begegnet. Vor allem hatte ich mir noch nie ein Bild von einem toten Menschen gemacht. Da Annas Familie katholischen Glaubens war, wurde ihre Großmutter eine Woche lang zuhause aufgebahrt. Sie lag in ihrem besten Kleid in einem schwarzen Sarg, der von großen weißen Kerzen umrahmt war. Als ich sie mir ansah, überkam mich keine große Traurigkeit. Ihr Gesicht wirkte so friedlich und freundlich. Sie starb eben, wie sie gelebt hatte. Auch Anna schien nicht übermäßig traurig. Im Alter von 82 Jahren friedlich einzuschlafen war eben ein „schöner Tod".

Wenn Anna keine Zeit zum Spielen hatte traf ich mich mit Conny. Ihre Eltern hatten kaum Zeit für sie, und so konnten wir oft allein für uns in ihrem großen Haus spielen, was auch immer wir wollten. Wir bauten uns eine Höhle aus allen verfügbaren Decken und verkrochen uns darin. Wenn Connys Mutter dann nach Hause kam, gab es wegen der Unordnung ein riesiges Geschrei. Kaum eine halbe Stunde später gab es dann zur Versöhnung Pommes Frites mit Mayonnaise und Ketchup. Conny hatte zwei Hunde, Trixi und Streuner. Sie waren eine Mischung verschiedenster Rassen und sahen entsprechend wild aus. Mit ihnen tollten wir oft im Garten herum. Wenn sie dann völlig zerzaust waren, badeten und striegelten wir sie, was sie genossen.

An meinem fünften Geburtstag fuhr meine Großmutter mit mir in den Nachbarort zum Metzger, um für mein Lieblingsessen einzukaufen. Leckere Würstchen mit Kartoffelsalat. Ich saß vorne auf ihrem klapprigen alten Fahrrad in einem Kindersitz, der an ihrem Lenker befestigt war. Plötzlich überholte uns ein LKW mit großer Geschwindigkeit und viel zu knappem Abstand, und wir stürzten. Während des Sturzes geriet mein Fuß in die Speichen des Vorderrades. Ich lag hilflos auf der Straße und mein Fuß steckte im Fahrrad, mehrfach gebrochen, und die Knöchel schauten aus dem blutenden Fuß heraus. Nachdem sich meine Oma aufgerappelt hatte, versuchte sie, ein Auto anzuhalten, um Hilfe zu holen. Zahllose Autos fuhren an uns vorbei. Endlich hielt eines an, und die Fahrerin half uns sofort. Ich musste mit dem Krankenwagen in die Chirurgie nach Schweinfurt gebracht werden. Dort wurde der Fuß gerichtet und behelfsweise bandagiert, damit er wieder zusammenwachsen konnte. Wegen der großen Fleischwunden konnte er nicht gegipst werden. Als ich wieder zuhause war, kam jeden 3. Tag ein Kinderarzt, um den Fuß neu zu verbinden. Nur sehr langsam heilten die großen Wunden. Da ich nicht laufen durfte, wurde mir alles Spielzeug ans Bett gebracht, was ich schön fand. Aber ans Bett gebunden zu sein, fand ich schrecklich, da ich es gewohnt war, den ganzen Tag an der frischen Luft zu verbringen.

Meine Freundinnen kamen oft zum Spielen, damit es mir nicht zu langweilig wurde. Meine Oma weinte oft, da sie große Angst hatte, dass der Fuß nicht gut heilen und ich gehbehindert bleiben würde. Aber alles ging gut, und nach einem halben Jahr konnte ich wieder barfuß herumhüpfen. Die großen Narben von den Austrittsstellen der Knochen sind übrigens noch heute zu sehen.

Meine Großmutter fuhr nach dem Sturz nie mehr Fahrrad mit mir, da der Schock sehr tief saß. Ich wollte aber schon bald selbst Rad fahren. Daher bekam ich zu meinem 6. Geburtstag ein wunderschönes rotes kleines Fahrrad. Damit lernte ich das Radfahren sehr schnell. Die kleinen Stürze mit diesem Rad waren völlig harmlos und führten nie zu Brüchen oder Ähnlichem.

Der Tag meiner Einschulung nahte, da ich im Januar meinen 6. Geburtstag gefeiert hatte. Meine Mutter, die ich nur von Postkarten und Weihnachtspäckchen mit Fotos aus Dallas kannte, hatte inzwischen einen Elektriker aus dem hohen Norden kennengelernt. Sie holten mich ab, da ich künftig bei ihnen leben und zur Schule gehen sollte.

Mit diesen beiden mir fremden Menschen zog ich in den hohen Norden um. Ich ging jedoch nur unter der Bedingung mit, die Sommerferien bei meiner Oma verbringen zu dürfen.

In der ersten Zeit vermisste ich meine Großmutter sehr. Mir fiel es schwer, meine neuen Eltern zu akzeptieren. Meiner Mutter fehlte die Warmherzigkeit meiner Oma. Mein Stiefvater gab sich alle Mühe, ein Vater zu sein. Er unternahm viel mit mir.

So kaufte er mir im ersten Winter Schlittschuhe. Wir fuhren an einen Flusslauf und liefen kilometerweit

Schlittschuh auf dem zugefrorenen Fluss. Das Dahingleiten und das Geräusch der kratzenden Kufen auf der glatten Eisfläche des Flusses war wie eine Begleitmusik zu unseren gleichmäßigen Bewegungen. Da mein Stiefvater fast zwei Meter groß war, lief er mit großen ausschweifenden Bewegungen vorneweg. In der kalten Luft kondensierte unser Atem. Zurück im Auto gab es dann einen kindgerechten norddeutschen Grog zu trinken, eine Mischung aus Rum und Schwarztee, die uns aufwärmte. So schlief ich auf der Rückfahrt erschöpft ein.

Außerdem fuhr er zusammen mit seinem Halbbruder Motorrad-Trail-Rennen. Sie fuhren ein Horex-Gespann. Ich durfte dann im Fahrerlager mit einem roten Minimoped herumrasen und beim Säubern der Maschinen helfen. Überall roch es nach Rennbenzin. Wenn Sie gewonnen hatten, nahm mich mein Vater im

Beiwagen mit zur Siegerehrung. Den Siegerkranz bekam ich dann umgehängt. Zu dritt fuhren wir dann eine Ehrenrunde. Nach mehreren solchen Abenteuern bauten wir nach und nach eine familiäre Beziehung zueinander auf.

Doch nicht alles lief so gut. Oft kam es zwischen meinen Eltern über meine Erziehung, insbesondere welche Freiheiten ich haben sollte, zu Meinungsverschiedenheiten. Und mir fehlten die Möglichkeiten, die ich in Unterfranken gehabt hatte. Dort durfte ich in dem kleinen Dorf den ganzen Tag unterwegs sein, weil mich dort alle kannten. Hier musste ich mich an den Tagesablauf meiner berufstätigen Eltern anpassen. So verbrachte ich meine Zeit oftmals im Friseursalon, in dem meine Mutter arbeitete, bis sie fertig war. Dann gingen wir zusammen nach Hause. Am Abend kam dann mein Stiefvater aus seiner Elektrowerkstatt dazu. Wir wohnten direkt an einem Bahnübergang im Obergeschoss des Hauses meiner Großeltern stiefväterlicherseits. Da sie Kinder im Haus nicht gewohnt waren, regten sie sich über jeglichen Lärm auf. Freunde durfte ich nur nach Absprache treffen.

Meine Eltern kauften schließlich ein Haus in der Nähe, das mehr Platz bot und vor allem einen riesigen Garten hatte. Direkt hinter dem Garten lag ein großer Bauernhof mit Pferden. Jetzt konnte ich die Nachmittage auf dem

Bauernhof verbringen, da ich mich schnell mit der Bauersfamilie anfreundete. Sie hatten ein altes Pony in Pflege, Sally, um das ich mich allein kümmern durfte. Allen ging es mit dieser neuen Wohnsituation viel besser. Dennoch vermisste ich mein Leben bei meiner Großmutter und meine Freiheit, ganz eng verbunden mit der Natur zu leben.

Natur, das war von Beginn an mein Ankerplatz, ebenso wie die enge Bindung zu meiner Großmutter.

Der hohe Norden

Der erste Schultag stand an, und ich stand mit meiner Schultüte in einer Reihe vieler aufgeregter Kinder. Meine langen dunkelblonden Haare waren zu zwei großen Zöpfen gebunden, mit denen ich mich wie Pippi Langstrumpf fühlte. Noch immer musste ich mich an die norddeutsche Sprache gewöhnen, die gänzlich anders war als mein unterfränkischer Dialekt, mit rollendem R und weichen D`s und T`s. Meine Klassenlehrerin war jedoch sehr sympathisch. Sie war für die damalige Zeit schon sehr modern gekleidet, hatte sehr kurz geschnittene Haare und sie strahlte eine natürliche Autorität aus. In unserer ersten Fibel stand: Emil geht zur Schule. Es dauerte eine Weile, bis wir das schreiben und lesen konnten. Mir fielen die ersten Schuljahre indes sehr leicht. Ich war immer neugierig, Neues zu lernen.

Meine Sitznachbarin an meinem kleinen Tisch auf unseren kleinen Stühlchen im Klassenraum 1b war Claudia (Claudi). Ihre Eltern hatten einen Gasthof im Ort. Wir freundeten uns sehr schnell an. Jeden Morgen gingen wir gemeinsam zur Schule. Mein Vater, den ich Papi nannte, brachte mich anfangs zur Kreuzung, an der wir uns jeden Morgen trafen. Manchmal durfte ich auch nach der Schule noch bei Claudi bleiben. Dann machte sie uns Pommes in der großen Küchenfritteuse. Am Nachmittag machten wir dann unsere Schulaufgaben gemeinsam.

Ich liebte die Pausen auf dem großen Schulinnenhof. Wir perfektionierten unsere Fähigkeiten im Gummitwist-Springen und vor allem an den Turnstangen. Wer die meisten Umdrehungen schaffte, hatte den größten Respekt. Auch die vielen auswendig gelernten Singspiele, zum Beispiel die Hände in allen möglichen Variationen aneinander zu klatschen, waren einige meiner Lieblingsspiele.

Eines davon ging so: Anna from Chicago, Anna for me, you are my darling, you are for me. Oh in this morning, oh in this morning. Anna from Chicago, Anna for me.

Ohnehin machte mir das Singen sehr großen Spaß. In Musik musste man vorne am

Lehrerpult vorsingen. Meine Lehrerin meinte, ich hätte eine glockenhelle, schöne Stimme, und ich bekam immer eine 1 im Zeugnis. Wegen meiner schönen Stimme durfte ich an der Schulweihnachtsfeier ein langes Weihnachtslied vorsingen.

Mit dem Abschluss der 4. Klasse hörte man mir den unterfränkischen Dialekt nicht mehr an und ich sprach ein gutes Hochdeutsch. Meine Sprache hatte Unterfranken hinter sich gelassen.

Als ich in den Sommerferien bei meiner Großmutter war, nannten sie mich daher nur noch „die Hamburgerin".

Ich liebte meine Sommerferien. Dort traf ich wieder meine alten Freundinnen und verbrachte viel Zeit auf dem Bauernhof mit Sepp und Maria. Inzwischen war ich so groß, dass ich die Traktoren selbst fahren durfte.

Auf dem Hof war immer etwas los. So war am Ende der Sommerferien immer Schlachttag. Dann kam der Tierarzt und tötete das größte Schwein aus dem Stall mit einem Kopfschuss. Sepp und Maria machten dann Wurst und Fleisch daraus.

Damals machte mir das überhaupt nichts aus. Es gehörte zum normalen Ablauf des Lebens auf dem Bauernhof. Ich war noch viel zu jung, um mir über die großen Zusammenhänge der Vieh- und Milchwirtschaft Gedanken zu machen.

Heute bin ich Vegetarierin aus fester Überzeugung.

Der Abschied nach den Ferien fiel mir immer schwer, da mir dieses Leben, vor allem mit meiner lieben Großmutter und der Patentante, die mittlerweile verheiratet war, sehr guttat. So bekam ich nach der Rückkehr in das kühle

Norddeutschland oft Heimweh und war niedergeschlagen. Schließlich musste meine Mutter mit mir zur Schulpsychologin, der dies aufgefallen war. Ich weiß nicht, was dort besprochen wurde. Jedenfalls bekamen wir eine Zugehfrau für unseren Haushalt. Es war eine ältere Frau, die aus Schlesien stammte. Wir nannten sie alle Tante Fiebig. Sie war in gewisser Weise meiner Großmutter sehr ähnlich. Sie kochte gern und brachte mir sehr viel über Haushaltstätigkeiten bei. Ich lernte stricken, nähen, backen und kochen auf schlesische Art. Auch als sie schon nicht mehr für meine Eltern arbeitete, besuchte ich sie noch regelmäßig zu ihrem Geburtstag, oder wenn sie mich einlud. Dann gab es Kartoffeln mit Kräuterquark, unser Leibgericht! Durch sie fielen mir die Abschiede nach den Sommerferien jetzt nicht mehr ganz so schwer.

Die Beziehung zu meiner Oma und meiner Tante Fiebig haben meine Zuneigung für ältere Menschen begründet, da ich diese Beziehungen immer sehr positiv erlebt habe. Dies ist bis heute so.

Keine Kompromisse

Neun Jahre nach meinem Umzug nach Rastede wurde meine Halbschwester geboren. Sie war für mich wie eine eigene Tochter, da uns fünfzehn Lebensjahre trennten und ich mich ständig um sie kümmern musste. So passte ich nach der Schule auf sie auf, bis meine Eltern aus der Firma, die sie inzwischen gegründet hatten, nach Hause kamen.

Als meine Schwester ca. zwei Jahre alt war, lernte ich in einer Diskothek Aki, meinen ersten festen Freund kennen. Er war türkischer Abstammung und lebte mit seiner stark übergewichtigen Mutter und seinen beiden kleinen Schwestern in einer kleinen Sozialwohnung. Er war der Einzige aus seiner Familie, der Deutsch sprach. Nachdem er die Realschule gerade so geschafft hatte, hatte er eine Lehre als Kfz-Mechaniker begonnen. Von seinem ersten Gehalt hatte er sich einen alten Ford gekauft, an dem er ständig herumschraubte. Sein cooles Auftreten, sein Aussehen, muskulös und kahlrasiert, zogen mich an. Anders als die meisten deutschen Jungs, für die ich mich interessiert hatte, war er sehr zuvorkommend und nicht eingebildet. Während unserer Beziehung hat er sich eine sehr kleine eigene Wohnung gemietet, in der wir uns trafen. Seinen Verdienst musste er zum Teil an seine Mutter abgeben, die nur Sozialhilfe bezog. Einmal in der Woche ging sie zudem in einer Praxis putzen. Da das Geld immer viel zu knapp war, war es für _ihn_ völlig normal, Lebens- und Hygieneartikel mit Freunden zu klauen. Ich wartete meistens in seinem Auto oder an einem Treffpunkt auf ihn, wenn er von diesen Streifzügen zurück- kam. Bis dahin war mir nicht klar ge- wesen, wie einfach die Kontrollen von

Supermärkten zu umgehen waren. Mit prallgefülltem Einkaufswagen kamen sie oft zurück und teilten alles untereinander auf. Czem, sein bester Freund, stand meistens Schmiere. Eine Parallelwelt zu der meinigen.

Als Aki das erste Mal bei uns zuhause gewesen war, machten mir meine Eltern eine furchtbare Szene. Sie wollten diese Beziehung nicht. Ein krimineller Türke würde mich ganz sicher auf die schiefe Bahn bringen. Ab diesem Zeitpunkt wurde das Wählscheibentelefon abgeschlossen, ein Handy hatte ich noch nicht, und Aki hatte Hausverbot. Mir wurde ein Ultimatum gesetzt, die Beziehung zu beenden.

Diese drastischen und für mich völlig unverhältnismäßigen Erziehungsmaßnahmen konnte ich nicht akzeptieren. Ich traf mich trotzdem mit Aki und seinen Freunden. Wenn ich diese Beziehung jemals beenden wollte, dann, weil _ich_ es für richtig hielt.

Nach einem unserer vielen Diskobesuche beschloss Czem, ein Auto zu knacken, um eine Spritztour zu machen. Wir fuhren viel zu schnell über Feldwege, und plötzlich lagen wir im Straßengraben.

Czem hatte die Kontrolle über das Auto verloren. Verletzt waren wir nicht, aber wir hatten alle einen Schock. Mit vereinten Kräften zogen wir das verdreckte aber unbeschädigte Auto aus dem Graben und fuhren es zur Diskothek zurück.

Zwischen Aki und mir lief es gut, wir unternahmen Ausflüge zu zweit, und ich war in seinem Freundeskreis völlig akzeptiert. In einer so großen Clique Mitglied zu sein, fühlte sich cool an, und man wurde auch beschützt. Hier stand jeder für jeden ein. Wurde einer bedroht, hatte man es mit allen zu tun. Die Clique war für mich ein Ersatz für das, was ich in meiner Familie nicht fand. Die meiste Zeit verbrachten wir in einer Spielhalle. Das wenige übrige Geld wurde dort eingesetzt. Als sich Czem nach einem Diskobesuch mit anderen geprügelt hatte, brauchten wir Tage, um ihn wieder aufzupäppeln.

Ich erledigte tagsüber meine Aufgaben, ging zur Schule und traf ich mich dann mit der Clique von Aki oder mit meinen Freunden aus dem Gymnasium.

Als eine der wenigen wurde ich von Aki von der Schule mit dem Auto abgeholt, was ich cool fand. Meine Noten waren gut. Meine Eltern wollten sich das Fortbestehen der Beziehung jedoch nicht länger mit ansehen und baten mich zum Gespräch. Nach Abschluss der 10. Klasse hatten sie mich auf einem Internat angemeldet. Sie sahen keine andere Möglichkeit, mich aus diesem Freundeskreis herauszuholen. Aki war außer sich, als ich es ihm erzählte. Er wollte mich entführen und mich vor meinen Eltern verstecken. Für ihn war es unvorstellbar, dass Eltern so machtvoll sind.

Vielleicht hätte ich mich irgendwann aus eigenen Stücken von ihm getrennt, weil ich mich verändern wollte oder einen anderen Partner kennengelernt hätte, aber nicht so, unter Zwang. Außerdem riss mich diese Zäsur auch aus meinen anderen Freundschaften mit Sabine, Dirk und Giselher von der Schule heraus, die ich über einige Jahre aufgebaut hatte. Mit ihnen unternahm ich ebenfalls viel. Wir gingen im Sommer ins Schwimmbad oder trafen uns, um zusammen zunächst für die Schule zu lernen und dann etwas zu spielen. Meistens durfte ich dann bis zum Essen bleiben.

Ich sprach kein Wort mehr mit meinen Eltern. Wir gingen uns aus dem Weg. Meine Schwester verstand überhaupt nicht, was geschah, da sie noch viel zu klein war. Unsere Beziehung wurde ebenfalls gekappt. Ich habe das meinen Eltern nie verziehen. Es hätte mit Sicherheit andere Lösungsmöglichkeiten gegeben. War ich so ein Störfaktor in ihrem Leben? Es entstand ein großer unüberwindbarer Gefühlsgraben zwischen uns. Ich habe damals beschlossen, nie wieder in dieses „Zuhause" zurückzukehren: Einem Ort, an dem man nicht verstanden wurde und der keine Kompromisse kannte.

Am Ende des 10. Schuljahres holte ich mein Zeugnis ab und verabschiedete mich von meinen Lehrern. Auch sie konnten die Entscheidung meiner Eltern nicht verstehen. Ich war immer ehrgeizig gewesen und hätte auch auf dem staatlichen Gymnasium das Abitur geschafft. Meine Schulfreunde schenkten mir zum Abschied auf die Insel Spiekeroog alle etwas Persönliches zur Erinnerung. Viele Jahre später fanden wir uns auf Facebook wieder und stehen seitdem in Kontakt und besuchen uns gegenseitig. Aki sah ich nie wieder. Meine Schwester wurde eine Fremde für mich und umgekehrt. Meine Eltern glauben bis heute, mich damit gerettet zu haben, aber zu welchem Preis?

Leben im Exil

Spiekeroog gehörte zu den autofreien Inseln. Mein Stiefvater und ich setzten mit dem Schiff von Neuharlingersiel zum Fährhafen Spiekeroog über und fuhren mit einem Fahrzeug mit Elektromotor auf der sich meine wichtigsten Habseligkeiten befanden, zum Internat. Über der großen Eingangstür der Schule stand „Landerziehungsheim".

Es machte einen freundlichen Eindruck auf mich, weshalb meine Stimmung recht gelassen war. Alle kamen aus ihren Ferien erholt zurück und waren bereit für das neue Schuljahr. Für mich war es die 10. Klasse Oberstufe. Die Begrüßungsfeier für die Neuankömmlinge in der Aula war ein guter Einstieg in das Internatsleben. Hier bekam man einen guten Überblick über alle Schüler, Lehrer und das Personal des Landerziehungsheims. Das Zusammenleben war so organisiert, dass man einer „Familie" zugeteilt wurde. Diese bestand aus mehreren Schülern verschiedener Altersgruppen und einem Lehrerehepaar. Bei mir war es mein künftiger Deutschlehrer. Ein alternativer entspannter Typ, für den autoritäres Erziehen nicht in

Frage kam. Alle duzten sich und bekamen kleine Aufgaben für den Familienverband. Wir Familien saßen beim Essen geschlossen an einem Tisch. Meine erste Aufgabe war das decken des Tisches beim Frühstück. Das machte ich gern und als Frühaufsteherin, die ich bis heute bin, machte es mir überhaupt nichts aus, um 6:00 Uhr morgens den Tisch für die Familie zu decken. Andere „Familienmitglieder" mussten für Blumenschmuck auf den Tischen scrgen oder beim Vorbereiten von Ausflügen helfen.

Wenn man als 16-jähriger Teenager auf ein Internat kommt, dann wird man von den gleichaltrigen Mitschülern erstmal abgecheckt. Was ist man für ein Typ. Bei Mädchen vor allem, wer von den Jungs kriegt sie zuerst ins Bett. So fand in der ersten Woche in meinem Zimmer geradezu ein Schaulaufen der gleichaltrigen Mitschüler statt. Dies rief meinen Familienvater auf den Plan. Von allen nur AVD (Aufpasser vom Dienst) genannt. Recht cool meinte er: „Meine Herren, wenn das hier so weitergeht, dann hagelt es wieder Aufsätze zum Thema Ödipuskomplex. Das wollen Sie

doch sicher nicht!" Was für ein Einstieg in diesen Lebensabschnitt.

Kurzum, nach einem Monat war ich mit
Jogi, für den <u>ich</u> mich entschieden
hatte, zusammen. Wir verstanden uns
sehr gut und unsere Freundschaft hielt
bis zum Abitur.

Die typischen Internatsschüler waren
meistens Kinder aus wohlhabenden Familien, deren Eltern einen guten Schul-
abschluss gesichert haben wollten.
Oder Kinder die im Allgemeinen als
schwer erziehbar galten und deren

Eltern hofften, dass wenigstens das Internat dem Erziehungsauftrag gewachsen war. Dies jedenfalls versprach die internatseigene Werbung. Dieser Kategorie gehörte ich an.

Dann gab es noch Kinder, deren Eltern aufgrund ihres Berufs nicht in der Lage waren, sich zeitlich ausreichend um ihre Kinder zu kümmern.

Allen gemeinsam war aber ein „defizitäres" Verhältnis zu ihren Eltern. Dies führte bei einigen Schülern dazu, dass sie die eigenen Eltern nur noch als finanzielle Protegés der eigenen Existenz sahen und sich innerlich von ihren

Eltern distanzierten. Nur die jüngeren Schüler plagte hin und wieder noch das Heimweh. Die älteren Schüler nutzten den Internatsaufenthalt vornehmlich dazu, sich endgültig von elterlichen Zwängen zu lösen und zumindest für die Zeit im Internat nach ihren eigenen Vorstellungen zu leben.

Jeder fand bald seine Clique von Schülern zu denen er passte. Meine Clique bestand aus Jogi, Schlink und Mieze. Wir machten alles zusammen. Wir trafen uns morgens vor der ersten Stunde im Schulinnenhof. Jogi und Mieze mussten dann erstmal eine rauchen, was sie als ihr Frühstück bezeichneten. Nach dem Vormittagsunterricht und dem Essen hörten wir meistens zusammen Musik oder gingen ans Meer. Abends, sofern wir nicht lernen mussten, hingen wir in der internatseigenen Kneipe ab, die von Schülern geführt wurde. Auch hier bedeutete eine Clique Schutz, da jeder für jeden einstand.

Am Wochenende wurde in der internatseigenen Kneipe gefeiert. Es gab immer Mitschüler, die alles besorgen konnten, was es dazu brauchte. Auf dem Internat habe ich meinen ersten und letzten Joint geraucht. Es brachte mir nichts und ich brauchte es auch nicht, um gut drauf zu sein.

Die ersten Sommerferien standen an. Ich wollte diese auf gar keinen Fall bei meinen Eltern verbringen. Dass sie mich aus meinem Freundeskreis herausgerissen hatten, hatte ich ihnen sehr übelgenommen. Dass das zu meinem Besten notwendig gewesen sein sollte, war eben nur _ihre_ Sicht der Dinge.

Also fuhr ich mit der Fähre nach Neuharlingersiel und weiter mit dem Zug nach Gernach.

Das Leben im Internat hatte mich verändert. Ich hatte gelernt mich abzugrenzen und nicht jeden und alles an mich herankommen zu lassen. Auch gegenüber Bezugspersonen des Internats musste man vorsichtig sein, da sie Berichte an die Eltern schrieben und so das „Vertrauensverhältnis" zu ihren Gunsten auslegten. Mein Bild von tauglichen Bezugspersonen, die zu mir standen und verantwortungsvoll handelten, war endgültig passé. Die Enttäuschung darüber hatte mich innerlich wütend gemacht.

Auch wusste ich jetzt, dass Gruppendynamik im positiven Sinne euphorisierend und mitreißend sein kann. Wenn wir „Internätler" im Dorf Spiekeroogs auftraten, dann fühlten wir uns als Gruppe stark gegenüber den Einheimischen. In ihren Augen waren die meisten von uns verzogene Gören, die auf Kosten der Eltern ein schönes Leben hatten. Sie kann aber auch belastend und demütigend sein. Im Internat musste man sich jeden persönlichen Freiraum erkämpfen. So mochte ich es nicht, jeden Morgen in der Gruppendusche zu duschen. Durch einen Deal mit der Hausmeisterin schaffte ich es, den Schlüssel für eine einzelne Duschkabine zu bekommen. Im Gegenzug dafür half ich ihr einmal in der Woche beim Aufräumen der Klassenzimmer. Außerdem durfte man aus Sicherheitsgründen nie sein Zimmer abschließen, was von einigen Mitschülern zum terrorisieren anderer missbraucht wurde. Sich in Bezug auf Gruppendynamik gut aufzustellen, habe ich mit Sicherheit auf dem Internat gelernt.

Mein Naturell ist es, überwiegend positiv, offen und freundlich anderen Menschen zu begegnen. Ich brauchte

einige Tage in Gernach, um dies wieder
zu entdecken.

Ich fuhr mit meiner Patentante und meinem Patenonkel für die gemeinsamen Sommerferien mit Freunden auf einen Cam-
pingplatz bei Rimini. Es war eine herrliche Zeit. Wir grillten oder kochten
Unmengen an Miesmuscheln. Mit meinem
Cousin, der schon immer wie ein kleiner
Bruder für mich war, und den Freunden
gingen wir schwimmen oder ruderten mit
dem großen Ruderboot raus aufs Meer.
Meine Paten habe ich immer wie Ersat-
zeltern wahrgenommen, da sie mich immer

wie eine Tochter behandelten. Sie haben mich stets so akzeptiert, wie ich war, und waren stets für mich da, wenn ich Unterstützung brauchte. Mit ihnen konnte ich vor allem über die Probleme mit meinen Eltern sprechen.

Dann machten wir noch einen Abstecher nach Rom, bevor es wieder nach Hause nach Gernach ging.

Dort angekommen musste ich sofort den Bauernhof von Sepp und Maria aufsuchen, auf dem ich schon als kleines Kind immer gewesen war. Diese Bauersleute freuten sich immer riesig, wenn ich mal wieder im Dorf war. Gleich am nächsten Morgen fuhr ich mit aufs Feld, um beim Heuen zu helfen. Am Nachmittag half ich dann beim Stallausmisten. Inzwischen hatten sie ihren großen Tierbestand abgegeben und nur noch ein paar Stallhasen und Hühner. Im Übrigen bewirtschafteten sie ihre großen Felder. Ihre drei Kinder wollten den Hof nicht übernehmen. Maria hatte inzwischen von der Feldarbeit große Rückenprobleme und musste sogar nachts ein Korsett tragen. Ich liebte den Geruch auf dem Hof und im alten Haus. Es roch immer nach frisch gebackenem Brot und die Gläser mit selbst eingemachten Früchten und Gurken stapelten sich in den Küchenregalen. Im Stall und vor allem im noch vorhandenen alten Heulager roch es nach frischem Heu und in der Luft flimmerte der Staub. Im Hof stand fast immer eine frisch gefüllte Milchkanne. Wenn man diese noch vor dem Absieben trank, war sie warm wie Muttermilch. In irgendeiner Ecke lag garantiert eine kleine Katze und sonnte sich.

Auch meine anderen Verwandten wohnten noch im Ort. Ich besuchte sie und meinen jüngsten Onkel, der gerade per

Fernlehrgang sein Abitur nachholte. Er war immer zu Späßen aufgelegt und machte sich lustig über meinen norddeutschen Dialekt. Wir nutzten die Gelegenheit und ich ging mit ihm seine Englisch- Hausaufgaben durch.

Mein Patenonkel hatte sich zu Weihnachten einen Schäferhund zugelegt, Hasso. Mit ihm mussten wir zum Trainingsplatz, wo er alles lernen sollte, parieren, bewachen und behüten. Einmal durfte ich mit ihm Fährtensuchen gehen. Am frühen Morgen fuhren wir zum Waldrand. An einer sehr langen Leine suchte er nach

Spuren, indem er die feuchten Gräser und Sträucher durchquerte. Hatte er eine Fährte aufgenommen, dann verfolgte er sie mit unglaublicher Energie. Er schnüffelte und durchquerte zickzacklaufend den Wald. Hin und wieder hob er den Kopf, um nach mir zu sehen. Dann ging es sofort weiter, er schnüffelnd im Gras, wohl immer in dem Glauben, seine imaginäre Beute zu erwischen. Wichtig war am Schluss ein Leckerli zur Belohnung für all die vergebliche Sucherei. Als wir wieder zuhause ankamen, waren wir mit Staub, Blättern und Dreck bedeckt. Meine Tante steckte uns kurzerhand beide in einen Zuber und brauste uns ab. Ab diesem Zeitpunkt waren wir ein unzertrennliches Team. Ich freute mich, wenn er bereits beim Aufwachen erwartungsvoll vor dem Bett stand. Aber sein Alphatier war nach wie vor mein Onkel. Sobald er da war, war ich nebensächlich. „Guter Hund", würde mein Onkel sagen.

Die Ferienwochen gingen viel zu schnell zu Ende und so ging es wieder zurück ins Exil auf die Insel.

Schließlich stand nach zwei lehrreichen Jahren das Abitur an. Ich hatte als Leistungsfächer Religion und Deutsch ausgewählt, da ich in diesen Fächern immer sehr gute Noten hatte. Eigentlich, was Religion betraf, erstaunlich, da ich schon damals nicht mehr an Gott glaubte. Die vielen sonntäglichen Kirchenbesuche mit meiner Großmutter sowie mein Kommunionsunterricht hatten in mir große Zweifel am Glauben gesät.

Das Abitur lief nicht besonders gut. Entweder hatte ich mich nicht richtig vorbereitet oder wir hatten von unseren

Lehrern nicht die notwendige Vorbereitungshilfe erhalten. Jedenfalls musste ich in zwei mündliche Prüfungen, danach war das Abitur bestanden.

Traditionsgemäß wurde das Abitur zunächst mit allen Lehrern und dem Leiter des Internats offiziell gefeiert. Im Anschluss fand dann die große Party der Schüler statt. Bis zum frühen Morgen wurde durchgefeiert. Ich hatte noch nie so viel Alkohol getrunken wie bei dieser Feier und hatte am anderen Morgen einen kompletten Filmriss. Wie ich in mein Bett gekommen war, wusste ich nicht mehr.

Bis zum endgültigen Verlassen des Internats waren es noch vier Wochen. Wir räumten unsere Zimmer, so dass sie für Nachfolger bereitstehen konnten. Dann traf ich mich mit meiner Clique und wir beratschlagten, was wir studieren wollten, und vor allem wo. Ich hatte vor, so weit weg wie möglich von zuhause zu studieren. Also kam nur der Süden Deutschlands in Frage. Aufgrund meiner Abiturnote konnte ich kein Studium mit Numerus clausus wählen. Ich las die Studienbeschreibungen der verschiedenen Studiengänge durch und fand, dass meine Interessen, Begabungen und Neigungen am besten zu einem Jurastudium passten. Also bewarb ich mich bei der ZVS (Zentrale Vergabestelle für Studienplätze) für ein Jurastudium, Wunschort Freiburg. Miezi wollte erstmal eine Lehre als Schmuckdesignerin machen. Schlinki und Jogi sollten Volkswirtschaft in Hamburg oder Kiel studieren, so wollten es die Eltern.

Am Tag der Abreise fuhr eine große E-Wagen-Kolonne mit den persönlichen Dingen der Schüler zum Hafen. Wir verabschiedeten uns voneinander, und als wir alle auf dem Fährschiff standen, herrschte dort eine bedrückende Stille. Das Internatsleben hatte uns zu einer verschworenen Gemeinschaft gemacht, die nun aufgelöst wurde. In unseren Familien und ihren Regeln zu leben, daran waren wir nicht mehr gewöhnt. Diejenigen, die Beziehungen auf dem Internat geknüpft hatten, wie ich, waren sich klar, dass diese Beziehungen die jetzige Trennung wohl nicht überstehen würden. Es war eine traurige und harte Zäsur. Der Kontakt zu Jogi brach schon bald ab.

Die Eltern waren alle froh, denn wir hatten alle das Abitur geschafft. Der Inhalt meines Internatszimmers passte in den VW-Kombi meines Stiefvaters. Als ich zuhause ankam, war meine Schwester schon eine langzopfige Grundschülerin. Mein „Kinderzimmer" war noch in genau demselben Zustand wie vor zwei Jahren. Jedenfalls hier war die Zeit stehenge-blieben, nur ich hatte mich eindeutig verändert.   Meine   ehemaligen

Klassenkameraden waren fast alle weggezogen. Die Firma meiner Eltern war inzwischen ein großer Betrieb mit vielen Angestellten, in dem sie rund um die Uhr arbeiteten.

Ca. vier Wochen später erhielt ich über die Zentrale Vergabestelle für Studiengänge die Zusage für ein Jurastudium in Freiburg. Halleluja!

Mit dem Zug fuhr ich nach Freiburg, um mir eine Wohnung zu besorgen. Freiburg war mir von Anfang an sympathisch, eine Stadt mit einer tollen Umgebung. Auf der Zimmerbörse notierte ich mir zehn mögliche Wohnungen, die ich mir an diesem Wochenende anschauen wollte. Mein Budget waren 300,00 DM Miete warm. Schnell wurde klar, dass dies <u>allenfalls</u> für eine Einzimmerwohung reichen würde. In eine Wohngemeinschaft wollte ich nicht ziehen. Nach dem Internat brauchte ich erst einmal Privatsphäre. Beim ersten Besichtigungstermin standen ca. dreißig Bewerber vor der Wohnung. Es war ein hässliches Zimmer im Untergeschoss einer alten Villa. Das nächste Zimmer lag weit außerhalb Freiburgs. Zur Uni wären es täglich fast vierzig Minuten mit dem Fahrrad gewesen. Alle weiteren Zimmer waren zu teuer. Sehr frustriert ging ich am Abend in mein Pensionszimmer, das ich mir für das Wochenende gemietet hatte, zurück.

Am folgenden Tag lief ich wieder zur Zimmerbörse, nachdem ich zum Frühstück die Badische Zeitung gelesen hatte, Rubrik Wohnungsangebote.

Auf der Zimmerbörse war um 08:00 Uhr morgens schon wieder die Hölle los. Alle, die für den Herbststudienbeginn vorgesehen waren, stürzten sich jetzt auf die Angebote.

An einem Gruppentisch lernte ich einen jungen Mann aus Stuttgart kennen, den ich sofort <u>sehr</u> sympathisch fand. Er war mit dem Auto da, einem alten VW-Passat. Gemeinsam schauten wir die Zimmerangebote durch. Er bot mir an, mich, falls nötig, zu fahren, da ich ohne Auto da war.

Im Anschluss fuhren wir erst einmal zu einem Zimmerangebot, das für ihn in Frage kam. Ein altes Jugendzimmer in einem Einfamilienhaus mit Waschbecken im Zimmer. Die Dusche musste mit den anderen Bewohnern geteilt werden. Die Vermieter waren ca. siebzig Jahre alt. Er mietete es sofort an, da er sich später nach etwas Besserem umschauen wollte.

Ich fand eine Einzimmerwohnung in der Lorettostraße, 5. OG/Dachgeschoss mit WC auf dem Flur. Als ich dort zum vereinbarten Besichtigungstermin ankam, waren fünf Studenten vor Ort. Das Zimmer 15 qm mit eingebauter Dusche und Kochgelegenheit gefiel mir sofort. Es war genauso groß wie mein Internatszimmer, nur frisch gestrichen. Wer den

Mietvertrag ncch vor Ort unterschrieb, bekam das Zimmer für 300,00 DM warm. Ich unterschrieb sofort. Die weiteren Einzimmerwohnungen in dem Dachgeschoss, etwas größer und teurer, wurden ebenso sofort angemietet. Ich lernte auf diese Weise sogleich meinen Wohnungsnachbarn kennen. Ebenfalls ein angehender Jurastudent, aus dem Ruhrgebiet stammend. Wir tauschten bei der Wohnungsbesichtigung unsere Adressen aus und wurden später gute Freunde während der gesamten Studienzeit.

Am Nachmittag traf ich mich mit meinem netten Fahrer. Wir unterhielten uns sehr lang und schließlich brachte er mich noch zum Bahnhof. Wir tauschten unsere Adressen aus.

Als ich wieder zuhause war, musste ich ständig an ihn denken. Ich schrieb ihm und freute mich darauf, ihn zu Semesterbeginn wiederzusehen. Er hatte keine Freundin und war noch bei der Bundeswehr. Er schrieb mir sofort zurück. Ich hatte das Gefühl, dass wir uns in Freiburg ineinander verliebt hatten. Dem war <u>wirklich</u> so und schon kurze Zeit später begannen wir eine

Beziehung. Doch zunächst ging es um das Studium.

Die Wissenschaft des Rechts

Der erste Studientag begann im großen Hörsaal der rechtswissenschaftlichen Universität Freiburg. Eine sehr disparate Gruppe von ca. 200 jungen studierwilligen Menschen kam dort zusammen. Akademikerkinder, die schon mit Aktenköfferchen und durchgestylt in den ersten Reihen saßen. Die Mädchen mit Perlenkette und Kostüm. Dann die Alternativen, die Jura studierten, um es später „dem System" zu zeigen. Und dann noch Kinder aus der Mittelschicht, wie ich. Sie studierten mit BAföG und mussten meist neben dem Studium noch arbeiten, um sich die Wohnung und alles drum herum leisten zu können. Ich arbeitete während meines Studiums samstags als Bedienung in einer Modeboutique.

Meine erste Vorlesung Bürgerliches Recht wurde von einem skurrilen Professor gehalten, der dennoch den sperrigen Stoff sehr unterhaltsam vermittelte. Wenn er sich in der Sommerhitze das Jackett auszog, bat er über das Saalmikrofon um „Marscherleichterung", was immer zu großem Gelächter führte.

Mit einer sehr langen Bücherliste stürmten wir die Buchhandlungen. Mit der Grundversorgung, den drei dicken roten Gesetzesbänden Bürgerliches Recht, Verwaltungsrecht und Landesrecht Baden-Württemberg, kehrten wir zurück.

Bald fand ich Freunde, Zoltan, Ingrid, Friederike und Trixi, die zu mir passten. Unser fester Treffpunkt war in der Vorlesungspause am Vormittag ein Café in der Nähe. Nach wenigen Tagen kannte uns dort jeder, da wir stets eifrig das gerade Gelernte diskutierten.

Zur Mittagspause ging es in die Mensa, die mich sehr an die Kantine des Internats erinnerte. Das ebenso gewöhnungsbedürftige Essen aus matschigen Nudeln, Mehlsoßen und Grießbrei, musste man akzeptieren, da alles andere zu teuer war. In der Mensa konnte man oft wegen der vielen „Studies" und dem lauten Geklapper der Teller und Tabletts sein eigenes Wort nicht verstehen.

Am Nachmittag ging es zum Lernen in die Universitätsbibliothek. Die Regale waren voller Literatur, Fachzeitschriften und Bänden von Urteilen der verschiedenen Gerichte. In der Bibliothek herrschte strenges Redeverbot. Wenn überhaupt, wurde auf den Gängen geflüstert.

Lustig war es, die verschiedenen Lerntypen zu beobachten. Einige verschanzten sich hinter ihrer Mauer aus Büchern. Dann legten sie eine Unmenge an Karteikarten an, die das Elaborat des Gelernten enthielten. Andere kopierten stundenlang die Fachzeitschriften und Urteile, unterstrichen dann das Wichtige, in der Hoffnung, alles würde so im Kopf gespeichert. Wieder andere lasen viel und notierten alles in ihre

Schreibblocks. Mein Lernstil bestand letztlich in einer Mischung aus allem. Vor allem habe ich mir die großen Zusammenhänge veranschaulicht, indem ich diese durch Grafiken oder Schemata visualisierte.

In manchen Vorlesungen gingen die Profs mit dem Mikrofon durch die Reihen und stellten spontane Fragen. Zur großen Belustigung aller Anwesenden. In diesen Veranstaltungen zeichnete sich anhand der Antworten schon ab, wer in diesem Studienjahrgang aufgrund seiner Scharfsinnigkeit und Detailverliebtheit einmal zu den Besten gehören würde. Ich befand mich im oberen Mittelfeld. Das Studium lag mir und ich durchlief es in der Regelstudienzeit von zehn Semestern.

In den Semesterferien fuhr ich mit meinem Freund in den Urlaub oder jobbte, um mir persönliche Sachen leisten zu können. Nach zwei Semestern mieteten wir eine gemeinsame Wohnung im EG mit Garten, neben einem Kindergarten. Wie die meisten Studenten lernten und feierten wir im Wechsel. Das Leben hatte nun einen Rhythmus, einen festen Freundeskreis und einen festen Freund, was mir guttat. Mit unserem Studenten-budget fuhren wir in den Semesterferien vor allem auf Campingplätze in den Süden in den Urlaub. Dabei lernten wir Land und Leute kennen. In unserer Freizeit spielten wir mit einer festen Gruppe Squash einmal die Woche. Außerdem lernten wir Surfen am Bodensee und nahmen die Surfbretter auch in unsere Urlaube mit. Im Schwarzwald gingen wir viel wandern, wie auch auf Gomera und Mallorca. Sport war für uns ein wichtiger Ausgleich zum Lernen.

In der Familie meines Freundes fühlte ich mich sehr wohl. Mit seinem Vater konnten wir juristische Fragen diskutieren, da auch er Jurist war. Zu Familienfeiern fuhren wir gemeinsam nach Gernach und besuchten dort alle Bekannten und Verwandten.

Auf das erste Staatsexamen lernte ich ein ganzes Jahr, täglich ca. zehn Stunden. Nur so gelang es mir, den schier unüberschaubaren juristischen Lernstoff zu bewältigen. Das Zivilrecht fand ich spannend und gut strukturiert. Das Strafrecht lag mir gar nicht. Das öffentliche Recht lag mir wiederum und interessierte mich. Schon damals konnte ich mir vorstellen, später einmal in diesem Bereich zu arbeiten. Gut vorbereitet ging ich in das erste Staatsexamen und schrieb über zwei Wochen lang Klausuren.

Nach der letzten Klausur feierten wir diesen Tag traditionsgemäß mit Sekt vor dem Landgericht. Wir alle waren erschöpft und zugleich froh, diesen ersten entscheidenden Schritt hinter uns gebracht zu haben. Manche weinten, weil sie ein sehr schlechtes Gefühl bei den abgegebenen Arbeiten hatten. Die

Durchfallquote im 1. Staatsexamen Jura liegt bei durchschnittlich 25 Prozent! Zwei Monate später ging es in die mündliche Prüfung mit einer ordentlichen Vornote. Da dies wohl vom Prüfungsgremium so erwartet wurde, kaufte ich mir mein erstes Kostüm für den optischen Eindruck. Die Prüfung lief, abgesehen von Strafrecht, gut.

Mit meiner Clique aus dem Studium feierte ich kräftig auf dem Unicampus. Mein Freund hatte in Freiburg die beste Abschlussnote, wir anderen fanden uns im oberen Mittelfeld und zwei Freunde war durchgefallen. Wegen der guten Note musste ich nur einen Teil meines BAföG zurückzahlen.

Um Abstand vom Lernen zu bekommen und vor allem zur dringend notwendigen Erholung vor der Fortsetzung des Studiums, machten wir eine herrliche sechswöchige Reise durch ganz Griechenland.

Zwei Bretter und Schnee

Da ich in Norddeutschland aufgewachsen war, konnte ich nicht Skifahren, als ich nach Freiburg im Schwarzwald kam. Für meinen Freund, der in Stuttgart aufgewachsen war, war Skifahren eine Selbstverständlichkeit. Also wollte ich es lernen. Wir fuhren zu einem seiner Schulfreunde, dessen Eltern eine Skihütte in Davos hatten. Mit einer geliehenen Ausrüstung ging es in die Berge. Angeblich war es ganz einfach, im Pflugbogen eine blaue Skipiste hinunterzufahren. Aber nicht für mich! Ich gab mir alle Mühe und nahm alle Kraft zusammen, um meine erste blaue Skipiste hinunterzugelangen. Dabei fiel ich zwar nicht hin, aber diesen zwei Brettern war ich völlig ausgeliefert. Sie fuhren mit mir und nicht umgekehrt. Als ich einmal die Skier übereinander kreuzte, ging es mit voller Geschwindigkeit den Berg hinab. Nur durch einen Sturz konnte ich noch rechtzeitig bremsen, bevor ich den Abhang weiter hinuntergesaust wäre, natürlich zur Belustigung meiner Begleiter. Völlig erschöpft von meinem ersten Skitag kam ich wieder auf der Hütte an.

Am nächsten Morgen sollte es gleich etwas Anspruchsvolleres sein. Wir fuhren zu einer Piste und noch bevor ich startklar war, waren meine Begleiter schon am Ende des Abhangs. Ich versuchte Schwung für Schwung das Gefälle und den Schnee zu meistern. Aber es war zu schwierig für mich. So schnallte ich kurzerhand die Skier ab und versuchte den Hang hinunterzurutschen. Dabei verlor ich jedoch die Skier und sie sausten allein den Abhang hinab. Am Abend auf der Hütte beschloss ich, <u>nie wieder</u> Ski zu fahren.

Mein Freund überredete mich jedoch, mit ihm einen Winterurlaub in Italien zu machen, und versprach, mir dort das Skifahren in Ruhe beizubringen.

So habe ich dann in Italien in zwei Wochen das Skifahren doch noch gelernt und es viele Jahre mit viel Spaß auf allen Pistenkategorien betrieben.

Vor allem machte es mir großen Spaß, es später zusammen mit meinem Mann unseren Kindern beizubringen. Im Winter kann man auf dem Feldberg oder den anderen kleineren Bergen des Schwarzwaldes Ski fahren. Es gibt blaue bis schwarze Pisten, so dass jeder mit seinem Können die Pisten hinabsausen kann. Oftmals brachen wir schon am frühen Morgen auf, um den ganzen Tag im Skigebiet zu verbringen. So lernten meine Kinder alle schon sehr früh das Skifahren und betreiben diesen Sport bis heute. Die Kombination von Natur und Sport ist einfach erholsam. Der tief verschneite Schwarzwald ist wunderschön. Schon wenn man die kurvigen Straßen zum Feldberg hinauffährt und die Straße mit Bäumen gesäumt ist, an denen auf den Tannen schwer die Schneemassen und Eiszapfen hängen, wird man eingestimmt auf das Schneevergnügen, was vor einem liegt.

Ebenso gern sind wir Schlittenfahren gegangen. Ausgerüstet mit genügend warmen Getränken und Proviant fuhren wir zu den bekannten Schlittenhängen im Schwarzwald in Oberried, Breitnau oder der Holzschlägermatte. Wenn einem bei der Schlittenabfahrt der Schnee ins Gesicht treibt, ist das das beste peeling, was man sich wünschen kann.

Nahezu jedes Jahr verbrachten wir unsere Weihnachtsferien mit einem Skiurlaub in der Schweiz, um auch in den

Alpen Ski zu fahren. Die Berge, das Schneepanorama und das anspruchsvolle Skifahren waren jedes Mal erholsam. Glücklicherweise haben wir uns beim Skifahren nie verletzt.

Mit zunehmendem Alter reichte es mir jedoch völlig, einen halben Tag auf der Piste zu verbringen und am Nachmittag auszuruhen und zu entspannen.

Der Weg zum 2. Staatsexamen

Nachdem das 1. Staatsexamen geschafft war, ging es nun nach dem Grundstudium in den <u>praktischen</u> Teil des Studiums. Meine erste Station war am Landgericht Stuttgart, Große Strafkammer für schwere Delikte, wie Vergewaltigung, Raub usw. Im Rahmen dieser Station besuchten wir mit unserem hartgesottenen Strafrichter die Strafvollzugsanstalt auf dem Hohenasperg. Da die Insassen gerade Freigang hatten, konnten wir uns die kleinen Zellen anschauen. Unvorstellbar für mich, wie man Jahre in einem so kleinen Raum verbringen konnte.

Die Aufseher zeigten uns, was die Insassen alles schon versucht hatten, um auf die Krankenstation zur „Erholung" zu gelangen. Eigentlich alles, was beweglich ist, wurde mindestens einmal verschluckt. Vom Messer bis zur Cola Flasche. Ein ganz erheblicher Teil der Insassen bestand aus sog. Dauergästen, die immer wieder rückfällig wurden. Viele hatten Drogenprobleme. Zum Abschluss des Tages diskutierten wir über Möglichkeiten der Resozialisierung und den Sinn und Zweck von Strafe und ihrer

Dauer. Ein spannender Tag. Jedoch sah ich nicht, dass mich dieser Aufgabenbereich beruflich erfüllen könnte. Er bewirkt nicht selten, dass man die Gesellschaft nur noch mit negativer Perspektive sieht.

Meine zweite Station war bei der Staatsanwaltschaft Lörrach, Abteilung Jugendstrafkammer. Meine Ausbilderin war sehr nett. Als ich in der Rolle der Staatsanwältin an den ersten Prozessen beteiligt war, war ich noch sehr nervös. Sehr häufig ging es um Drogendelikte, Sachbeschädigungen oder

kleinere Diebstähle. Die ausgesproche-
nen Urteile fand ich sehr moderat. Oftmals war die Strafe gemeinnützige Arbeit oder einen Entschuldigungsbrief
an das Opfer zu schreiben. Die Tätigkeit als Staatsanwältin fand ich nicht
reizvoll, da ich mich mit dieser
Rechtsmaterie nicht anfreunden konnte
und die ausschließliche Beschäftigung
mit Delikten von Tätern mir zu wenig
abwechslungsreich als Beruf erschien.

Meine dritte Station war am Landratsamt
Waldshut, Referat für Bausachen. Auch
hier war mein Ausbilder sehr

sympathisch und die Arbeit machte mir großen Spaß. Zum Mittagessen ging es in die betriebseigene Kantine. Dabei wurde jedem ein freundliches „Mahlzeit" gewünscht.

In einer Behörde herrscht eine vorgegebene Hierarchie. Mit dieser kann sehr unterschiedlich umgegangen werden. Man ist auf jeden Fall sehr nah an den Menschen und ihren Problemen im Alltag dran. In diesem Referat ging es häufig um Nachbarstreitigkeiten oder unzulässige Bauten im Außenbereich. Das Baurecht ist ein gut strukturierter Rechtsbereich, den ich recht schnell überblickte. Auch der Spielraum an eigener Entscheidungsgewalt ist vergleichsweise groß. Ich schrieb ein paar Gutachten, die mein Ausbilder gut bewertete und schon war die Station, die mir viel Spaß gemacht hatte, zu Ende. Jahre später war mein ausgesprochen netter Ausbilder der für mich zuständige Personalreferent.

Die vierte Station verbrachte ich am Verwaltungsgericht Freiburg. Es ging vorwiegend um Klagen aus dem Bereich Immissionsschutzrecht, Wohngeldrecht und Staatsangehörigkeitsrecht. Gerade die, wenn auch wenigen, Ortstermine waren spannend, wenn aufgeregte Bürger auf die Entscheidungsträger einstürmten und man oftmals beschwichtigend und geschickt die Gemüter beruhigen musste. In den Verhandlungen zum Staatsangehörigkeitsrecht mussten die Kläger darlegen, dass sie das Recht haben den Status als Deutscher zu bekommen und dies durch Kenntnisse der deutschen Geschichte, der deutschen Sprache und des Brauchtums nachweisen. Wie einfach ist es dagegen, schlicht „als Deutscher" geboren zu werden. In dieser Station lernte ich auch das Prozedere zwischen dem Gericht und den Anwälten kennen. Am Ende dieser Station konnte ich mir eher eine Tätigkeit als Anwältin im öffentlichen Recht, denn als Richterin vorstellen. Mir ging es dort zu nüchtern zu, die Anzahl der Verfahren pro Richter war enorm hoch und die Richter trafen sich daher oft nur noch zu Vorbesprechungen und Sitzungen. Für das Miteinander im Team blieb meist zu wenig Zeit.

Meine fünfte Station war ich in dem Notariat Freiburg mit den Aufgaben Nachlaßrichter, Grundbuchrichter und

Notar in Erbrecht, Gesellschaftsrecht und internationalen Ehe- und Ehegüterrecht sowie Vertragsgestaltung. Ein sehr angenehmer Notar bildete mich dort aus. Wir hatten große Besprechungsrunden mit Erbengemeinschaften. Am spannendsten waren die Testamentsverhandlungen. Hier menschelte es sehr. Wer hatte es verdient, etwas zu erben oder abgespeist zu werden. Beliebt war es, der Kirche oder seinem geliebten Vierbeiner alles zu vermachen.

Oftmals musste mein Ausbilder auch bei Eheverträgen sein ganzes Verhandlungsgeschick einbringen. Liebe gerät eben oft bei den Finanzen an ihre Grenzen. Jedenfalls standen nicht umsonst Taschentücher auf dem Tisch. Das Ziel, eine ausgleichende Regelung des rechtlichen und tatsächlichen Problems personengenau zugeschnitten zu erwirken, fand ich faszinierend. Ich beschloss, an der Uni Konstanz ein Semester Vertragsgestaltung zu studieren, um mein Wissen hier zu vertiefen. Jedenfalls bekam ich in dieser Station mein bestes Zeugnis und bewarb mich später auf Notariatsstellen. Diese waren jedoch so selten wie die berühmte Nadel im Heuhaufen, sodass es leider nicht klappte.

Meine sechste Station war am Amtsgericht Bad Säckingen als Strafrichterin. Diese Aufgabe beinhaltete das gesamte Spektrum der strafrichterlichen Tätigkeit an einem Amtsgericht. In dieser Station habe ich gelernt auch den Menschen hinter der Straftat zu sehen. Ein Aspekt, der bei dem zu findenden Strafmaß eine wichtige Rolle spielt. Beeindruckt hat mich ein Fall, in dem ein Betrüger mehrere ältere Personen nahezu um ihr gesamtes Vermögen betrogen hat. Dieser Täter hatte überhaupt kein Unrechtsbewußtsein und versuchte selbst in der Verhandlung mit dem Gericht noch über sämtliche Tatumstände zu betrügen. Wir hatten leider nicht den Eindruck, dass unsere Verhandlung ihn von seinem Tun abbrachte. Ein Täter aus Überzeugung.

Danach ging es ans Landgericht Waldshut-Tiengen als Einzelrichterin für privates Baurecht. In diesem Rechtsgebiet kannte ich mich gut aus und durch die vorangegangenen Stationen hatte ich vor Verhandlungen überhaupt keine Scheu mehr.

Die letzte Station arbeitete ich in einer Freiburger Anwaltskanzlei, Fachgebiet ziviles Baurecht, Familienrecht und Haftungsrecht. Die Anwälte kamen oft erst am späten Vormittag, blieben dafür aber bis spät in den Abend hinein. Jeder hatte eine persönliche Sekretärin. Ich schrieb ein paar Gutachten, traf mich mit meinem Ausbilder zum Ende der Station noch einmal, und entschied, diesen Beruf nicht zu wählen. Man bleibt immer Dienstleister des Mandanten. Wer hier in der Oberliga mitspielen wollte, musste rund um die Uhr arbeiten. Frauen sind allein schon aufgrund eines möglichen Kinderwunsches ein Problem. Je nach Kanzlei herrscht ein mehr oder weniger gutes „Betriebsklima". Ein Anwalt benötigt auf jeden Fall, sofern er verheiratet ist, den Rückhalt der Familie, die sich oftmals den Rahmenbedingungen und insbesondere der Vereinnahmung durch den Job unterordnen muss. Ausnahmen kenne ich bis heute nur sehr wenige.

In allen Beurteilungen aus meinen Stationen wurde betont, dass ich freundlich im Umgang und stilsicher in der Ausdrucksweise bin. Komplexe

Sachverhalte juristisch aufzuarbeiten bedingt auch eine besondere sprachliche Präzision. Meine Schwiegermutter war ehemalige Deutschlehrerin. Ich bat sie daher mit mir Übungen zu machen, um meine sprachliche Ausdrucksweise, insbesondere Interpunktion usw., noch zu verbessern. Das machte ihr unglaublichen Spaß, da sie schon viele Jahre nicht mehr berufstätig war. Von ihr habe ich nochmals den letzten Schliff mit der natürlichen Strenge einer älteren Deutschlehrerin erhalten.

Wieder lernte ich sechs Monate lang jeweils zehn Stunden am Tag auf das 2. Staatsexamen, dass nun anstand. Diesmal ging ich zu einem Repetitorium, um Zeit zu sparen. Hier lernte ich noch einmal kompakt sehr viel und übernahm eine Nebentätigkeit als Korrekturassistentin für das Repetitorium, um die Kosten überschaubar zu halten.

Die 2. Juristische Staatsprüfung lief recht gut und schließlich hatte ich gute Startchancen auf dem juristischen Arbeitsmarkt.

Ich bewarb mich bei öffentlich-rechtlichen Kanzleien und dem Land Baden-

Württemberg für den gehobenen Verwaltungsdienst. Der Personalreferent im Innenministerium war sehr freundlich und zeigt sich erstaunt über mein Abschlusszeugnis des Internats mit der Überschrift „Landerziehungsheim". Aufgrund der sehr guten Empfehlungen meiner Ausbildungsstationen sah es sehr gut für mich aus.

Bei den Kanzleien ging es in den Gesprächen um Gehaltsvorstellungen und einen eventuellen Kinderwunsch. Ich machte mir keine großen Hoffnungen, hier genommen zu werden. Nach vier Wochen kam die Zusage für meine Stelle im Staatsdienst, Dienstort Landratsamt Breisgau-Hochschwarzwald in Freiburg. Ich war überglücklich.

Beamtin auf Probe

Am 01.08.1992 trat ich meine erste Stelle als juristische Sachbearbeiterin für Umweltrecht, Schwerpunkt Naturschutz, Abfallbeseitigung sowie Katastrophen- und Brandschutz beim Landratsamt Breisgau-Hochschwarzwald, Sitz in Freiburg, an.

Das Landratsamt war ein modernes Gebäude und lag sehr schön direkt neben dem alten jüdischen Friedhof Freiburgs. Mein Zimmer war geräumig und hatte einen direkten Blick auf den mit großen Bäumen bewachsenen Friedhof.

Meine Chefin, eine sehr selbstbewusste und anspruchsvolle Juristin, stellte mich allen zwanzig Mitarbeitern des Sachgebietes Naturschutz vor. Hier waren alle Altersstufen vertreten. Der Zuständigkeitsbereich dieses Landratsamtes reichte sehr weit.

Zunächst einmal ging es um die notwendige Zimmerausstattung. In der Materialstelle holte ich mir alle notwendigen Arbeitsutensilien und in der Kunstkammer schöne Bilder für mein Zimmer.

Der technische Amtsleiter des Referates war ein alter Haudegen, der schon zahlreiche Neujuristen auf meiner

Stelle erlebt hatte und davon ausging, dass auch ich längst wieder versetzt sein würde, bis er sein Rentenalter erreicht haben würde.

Schon in der ersten Woche stellten sich zahlreiche Fragen, über die ich mir noch nie größere Gedanken gemacht hatte. Will man die Kollegen duzen? Geht man zu jeder Kaffeepause mit oder macht das einen schlechten Eindruck? Wieviel darf man wen fragen – oder wirkt das unprofessionell? Arbeitet man mit geschlossener oder offener

Zimmertür, um zu zeigen, dass man nicht kontaktscheu ist?

Nach einiger Zeit hatten sich diese Fragen für mich geklärt. Alles hing am eigenen Arbeitsstil und an gegenseitigen Befindlichkeiten. Die Kaffeepausen waren ein Muss, da man hier wichtige Personalien erfuhr. Außerdem lernte man so die Kollegen besser kennen. Rechtliche Fragen musste man zunächst einmal aus dem vorhandenen Fundus an Entscheidungen lösen, und erst dann konnte man sie mit Kollegen des Referates, anderen juristischen Kollegen und ggf. der Chefin besprechen. Meine Chefin arbeitete viel und hatte Ambitionen, sich als Bürgermeisterin aufstellen zu lassen. Sie stand für ausführlichere Rückfragen daher nur selten zur Verfügung.

Meine Zimmertür war regelmäßig verschlossen, da ich Ruhe brauchte, um konzentriert arbeiten zu können. Schon bald merkte ich, dass die Angestellten des mittleren Dienstes Vorbehalte gegen „die Juristen" hatten. Schließlich verdienten wir mehr und dies blieb für die gesamte berufliche Laufbahn so. Auch musste die fachtechnische Lösung eines Falles nicht unbedingt mit der juristischen Bewertung harmonieren.

Inzwischen standen die ersten Ortstermine mit involvierten Bürgern an. Dort oblag die Moderationsrolle immer der Juristin. Diese Termine machten mir Spaß, da ich mit meinem Ziel eine pragmatische und verhältnismäßige Lösung zu erwirken, oft Erfolg hatte.

Nicht selten versuchten uneinsichtige Antragsteller Druck über die Presse auszuüben. So stand ich schon bald als „eine gewisse Frau Schmidt" im Südkurier. Dies zog regelmäßig eine

Vorsprache beim Landrat nach sich. Mit ihm verstand ich mich gut und er war meinen Argumenten gegenüber immer aufgeschlossen. Die anfallende Arbeit konnte ich gut bewältigen und so hatte ich nach wenigen Monaten meinen Arbeitsstil gefunden.

Zu meinen Aufgaben gehörte auch die Ausbildung des juristischen Nachwuchses. Dies machte mir ganz besonderen Spaß. Da ich selbst noch nicht weit vom Studium entfernt war, fiel es mir leicht, mich in die Rolle der Studierenden zu versetzen. Entscheidend war für mich die Erkenntnis, dass die vertretbare rechtliche Lösung immer auf ihre Praktikabilität hin zu überprüfen ist. Außerdem ist zu fragen, ob und wie sie für den Betroffenen umsetzbar ist. Das berüchtigte *Amtsdeutsch* macht dies nicht gerade leichter. Umso wichtiger ist es, mit den Betroffenen den Kontakt zu halten.

Daneben ist es unbedingt nötig, auch die Fachmaterie selbst zu überblicken. Ich arbeitete mich also durch sämtliche Fachvorträge des Naturschutzes. Dies fand ich sehr spannend.

Schon in der ersten Zeit besuchte ich angebotene Fortbildungen in Rhetorik, Verfahrensführung und Arbeitsmanagement. Hier gab es hervorragende Lehrer, die in Kleingruppen arbeiteten. Diese Fortbildungen halfen mir für die Arbeit, aber auch im Alltag.

Nach sieben Monaten hatte ich mir eine Arbeitsroutine angeeignet und war bei den meisten Kollegen beliebt oder jedenfalls respektiert, da ich grundsätzlich meiner Arbeit, meinen Kollegen und meinen Vorgesetzten positiv gegenüberstand.

Mein Privatleben trennte ich strikt von meinem Arbeitsleben. Ich fand es nicht sinnvoll, dass Kollegen Einblick in mein Privatleben hatten, vor allem nicht, da es ohnehin schon viel zu viele Vorurteile gegen „die Juristen" gab.

Nach einem Jahr, ich näherte mich meinem 30. Geburtstag, fing ich an, über Kinder nachzudenken. Ich wünschte mir ein Kind und hatte einen Job, bei dem die Arbeit mit der Kindererziehung vereinbar war. Dies hatte ich bei anderen

Kolleginnen schon oft gesehen. Als ich bald darauf schwanger wurde und dies meinem älteren Amtsleiter mitteilte, meinte er nur nüchtern: „Wie gehabt!". Meine Chefin hingegen meinte: „Schwangerschaft ist keine Krankheit, soviel dazu." So gingen die Schwangerschaftsmonate dahin und die Arbeit ging mir immer noch leicht von der Hand.

Nach wenigen Monaten wusste ich, dass es ein Junge sein würde. Da ich selbst eher der burschikose Typ bin, passte mir das sehr gut. Durch den Ultraschall konnte ich ihn anschauen und bald auch fühlen.

Wenn man schwanger ist, achtet man auch auf andere schwangere Frauen. Jede Frau geht damit wohl anders um und jede Frau empfindet etwaige Schwangerschaftsbeschwerden unterschiedlich belastend. Ich musste mich nie ständig übergeben. Dafür nahm ich 24 Kilo in neun Monaten zu. Ich wollte auch nicht wie ein rohes Ei behandelt werden. Erst am Schluss der Schwangerschaft hatte ich wegen des Gewichts Bewegungseinschränkungen.

Mein Lebensgefährte und ich besuchten einen Geburtsvorbereitungskurs. Wie sich herausstellen sollte, kam es jedoch ganz anders.

Die Schwangerschaftshormone beflügelten mich. Ich war noch positiver gestimmt als unter normalen Umständen. So kaufte ich ein Klavier und fing wieder an zu musizieren. Mein Klavierlehrer schwor, dass dies dem Baby sicher eine musikalische Ader verleihen würde.

Als ich mich von den Kollegen in die Elternpause verabschiedete, war dies ein sehr rührender Abschied. Ich hatte mich dort sehr wohl gefühlt.

Der Start in eine Familie

Meine Beziehung lief seit nunmehr zehn Jahren sehr gut. Auch mein Lebensgefährte hatte seine erste feste Anstellung als Anwalt bekommen.

Zwei Monate vor der Entbindung meines Sohnes heirateten wir. Meine *Kollegen* bewarfen uns nach der standesamtlichen Trauung mit Konfetti und bildeten ein Spalier vor dem Freiburger Rathaus, das war ein wunderbarer Moment.

Die Schwangerschaft verlief völlig komplikationslos. Nach neun Monaten fühlte ich mich aufgrund meines Körperumfangs wie ein fahrendes Mutterschiff.

Am errechneten Geburtstermin passierte nichts. Erst drei Wochen später war es am zweiten Weihnachtstag so weit. Man weiß nie vorher, wie eine Geburt abläuft, da ein Vorbereitungskurs nur peripher das vermittelt, was wirklich auf einen zukommt. Meine Geburt dauerte zwölf Stunden und ich war mit den Kräften am Ende. Als ich dann endlich meinen ersten Sohn auf dem Bauch liegen hatte, war ich dennoch überglücklich, da er das süßeste Baby war, dass ich je gesehen hatte. Gesund, schwer und sehr friedlich lag er da. Auch mein Mann war überglücklich, einen Sohn bekommen zu haben.

Da ich mich einige Tage von der Geburt erholen musste, feierten wir auch Silvester in der Klinik. Sekt und Schnittchen brachte mein Mann mir zum Jahreswechsel mit, genial. Mit unserem Sohn im Arm begrüßten wir das neue Jahr.

Ein gesundes Kind zu bekommen, fühlt sich wie ein Wunder an, weil man kaum glauben kann, dass so ein vollständiger

kleiner Mensch im eigenen Leib gewachsen ist.

Ich nahm ein Jahr Elternzeit, um unser
Kind großzuziehen und in die Mutterrolle einzutauchen. Es machte mich sehr
glücklich. Die Mutterrolle passte zu
mir. Ich genoss es, unserem Sohn beim
Wachsen zuzusehen. Ständig lernte er
etwas Neues. Laufen, Sprechen, Malen
usw. Um mehr Platz als Familie zu haben
waren wir in eine schöne 3-Zimmer-Alt-
bauwohnung in der Wiehre gezogen. Wir
hatten einen guten Tagesrhythmus gefunden. Nach dem Frühstück ging ich mit
meinem Sohn auf den Freiburger

Münstermarkt zum Einkaufen. Die vielen Händler präsentieren dort auf ihren Ständen alles Frische aus der Region und darüber hinaus. Zum Abschluss gingen wir auf den Augustinerspielplatz. Dort lernten wir andere Familien kennen. In Gesprächen ging es jedoch immer nur um die klassischen Kinderthemen. Ich spürte bald, dass ich wieder eine juristische Beschäftigung brauchte.

Ich vermisste die Arbeit und die intellektuelle Herausforderung des Jobs. Nur Küche und Kinder, das war einfach nicht mein Ding. Wir meldeten unser Kind für eine Halbtagskrabbelgruppe an. Das Eingewöhnen fiel ihm sehr schwer, da er dort nicht gern bleiben wollte. Nach sechs Wochen hatte er sich schließlich daran gewöhnt und es wurde zur Routine. Über die Krabbelgruppe lernte ich andere Mütter kennen, die ebenfalls Job und Familie managen mussten. Daraus entstanden einige sehr gute langjährige Freundschaften.

So begann ich nach einem Jahr wieder in der Abteilung Gewährung von Rückforderungen des Landes aller Art zu arbeiten, halbtags. Für mich war das ein stimmiges Konzept, Job, eigene Interessen und Familie zu vereinbaren.

Ein Bruder

Als unser erster Sohn zwei Jahre alt war, fand ich, dass es viel schöner wäre, wenn er einen Bruder oder eine Schwester zum Spielen hätte. Außerdem konnte ich mir eine Familie mit mehreren Kindern gut vorstellen. Meinem Mann, der als Einzelkind aufgewachsen war, ging es genauso. So war ich schon nach kurzer Zeit wieder schwanger. Die Schwangerschaft verlief gut, allerdings nahm ich wie schon beim ersten Mal sehr stark zu.

Die Wehen setzen drei Wochen zu früh ein. Eine sehr unfreundliche Ärztin begleitete die stundenlange Geburt. „Man solle sich beim zweiten Mal nicht so anstellen".

Als mein Sohn dann abgenabelt wurde, war es wunderbar, ihn im Arm zu halten. Er hatte ebenso wie ich sehr dunkle Augen, allerdings noch gar keine Haare. Da die Ärzte einen zweiten Herzton festgestellt hatten, mussten wir in die Kinderklinik für drei Tage. Dann kam die Entwarnung und alles war in Ordnung.

Möglichst schnell ließ ich mich aus dem Krankenhaus entlassen und kam nach Hause. Dort konnten wir uns in Ruhe auf die neue Situation als vierköpfige Familie einstellen. Sein Bruder war sehr neugierig und gespannt auf das neue Baby. Sie wurden bald ein gutes Team, trotz ihrer Unterschiedlichkeit.

Es klappte alles sehr gut mit den zwei Kindern. Nach zwei Jahren wuchsen dem Neuling endlich ein paar rotblonde Haare. Drei Jahre später ging er, ohne zu fremdeln, mit seinem Bruder in den Kindergarten, als wäre es das Selbstverständlichste der Welt. Dort hat er

schon sehr bald eigene gute Freunde gefunden.

Wieder wollte ich den Anschluss an das
Berufsleben nicht verlieren. Da beide
Kinder am Vormittag im Kindergarten waren, begann ich wieder halbtags im Referat Enteignung und Besitzeinweisung
nach dem Baugesetzbuch, Landbeschaf-
fungs- und Entschädigungsgesetz zu arbeiten. Dies war machbar, aber organi-
satorisch immer eine Herausforderung,
da mein Mann mittlerweile nicht mehr
in Freiburg arbeitete. Die Großeltern
lebten jeweils hunderte Kilometer

entfernt und konnten nie kurzfristig bei Engpässen in der Betreuung einspringen. So beschlossen wir, ein Aupair-Mädchen zu engagieren.

Jetzt sind wir komplett

Das Leben mit zwei Kindern fand ich schön. Wenn man Kinder hat, dann eröffnet sich beim Spielen oder bei gemeinsamen Aktivitäten die Möglichkeit, einfach selbst wieder Kind sein zu können. Man baut Strandburgen, man lässt Drachen steigen oder fertigt aus allen möglichen Materialien Murmelbahnen. Am meisten hat mir das gemeinsame Lesen von Büchern Spaß gemacht. Es hat mich oft daran erinnert, wie ich selbst als Kind Märchen und die Geschichten von „Michel aus Lönneberga" geliebt habe.

Kinder tauchen beim Vorlesen ganz in die Welt ein, die ihnen präsentiert wird. Sie saugen alles auf, was sie hören und sehen. Jedenfalls bildet und erweitert es ihren Sprachschatz sowie ihre Phantasie enorm.

Meine beste Freundin hatte zu dieser Zeit schon drei Kinder, die Eltern lebten mit im gemeinsamen Haus und ich fand eine Großfamilie immer erstrebenswert, da nach meiner Vorstellung eine Familie ein Ankerort für jedes Familienmitglied sein sollte. Vielleicht weil ich als Kind selbst durch meine

Freundinnen gefühlt, wie mit mehreren Geschwistern aufgewachsen war, wünschte ich mir eine Familie mit vielen Kindern. Vor allem wollte ich meinen Kindern eine wichtige Basis für ihr Leben geben und ein Stück weit ein verpasstes eigenes Familienleben nachholen.

Wir entschieden uns ein drittes Kind zu bekommen. Für eine fünfköpfige Familie war unsere Wohnung definitiv zu klein. Fast ein Jahr suchten wir eine größere Wohnung in Freiburg. Als wir die Suche schon fast aufgegeben hatten, bekamen wir den Zuschlag für eine wunderschöne Jugendstilwohnung im Stadtteil Wiehre. Sie musste allerdings noch renoviert werden. Die Vermieterin war sehr nett und schloss uns in die Planung der Renovierungsarbeiten mit ein. Ein weiteres Jahr später war die Wohnung dann bezugsfertig und vieles war nach unseren Wünschen umgesetzt worden. Als wir mit unserem Mobiliar eingezogen

waren hatten wir immer noch sehr viel Platz und konnten nun die weitere Familienplanung angehen.

So kam es, dass ich im September 1999 unseren dritten Sohn gebar. Er kam etwas später als errechnet auf die Welt und es war eine Risikogeburt. Die Nabelschnur hatte sich um seinen Kopf und seine Beine gewickelt. Trotzdem ging dank der Hilfe des Oberarztes alles gut und mein Sohn schaute mich mit seinen fröhlichen und neugierigen Augen, die er bis heute hat, an.

Inzwischen hatten wir unser drittes Au-pair-Mädchen Jana zur Unterstützung im Haushalt und bei der Kinderbetreuung. Au-pair-Mädchen sind oft zwischen 17 und 18 Jahre alt. Unsere Au-Pair-Mädchen Jana, Aga und Katalya kamen alle aus Polen und waren sehr kinderlieb. Oft sprachen sie am Anfang nur rudimentär deutsch. Aber sie lernten das Notwendige sehr schnell.

Um den Einstieg in das Familienleben, insbesondere das Kochen zu erleichtern, hatte unser zweites Au-Pair ein Rezeptheft auf Polnisch verfasst. Jedes Au-pair hat dieses Heft mit neuen Rezepten ergänzt. Unter den Gerichten fanden sich typische Kindergerichte wie Kartoffelbrei mit Würstchen,

Gemüseallerlei, Hühncheneintopf und natürlich Spaghetti Bolognese.

Meine Kinder verstanden sich mit den Au-Pair-Mädchen sehr gut. Für sie war es, wie eine große Schwester zu haben. Aber drei Kinder sind auch für ein Au-Pair eine Herausforderung. Daher beschloss ich, nach der Geburt meines dritten Sohnes selbst drei Jahre zuhause zu bleiben. Dies hatte zur Folge, dass er in keine Kleinkindkrabbelgruppe gehen musste und ich bis zu seinem Kindergarteneinstieg zuhause sein konnte.

Die Konflikte zwischen drei Kindern zu bewältigen ist eine große Herausforderung. Zudem will man allen Kindern mit ihren unterschiedlichen Möglichkeiten aufgrund ihres Alters und ihrem Wesen gerecht werden. Wenn ein Kind krank war, waren binnen kurzer Zeit alle krank. Teilweise steckten die Kinder auch uns mit ihren Kinderkrankheiten an. Als meine Kinder Windpocken hatten führte das dazu, dass mein Mann ebenfalls die Windpocken bekam. Als Kinderkrankheit ist dies harmlos, für einen Erwachsenen jedoch recht gefährlich. Kaum war eine Krankheit ausgestanden kam die Nächste.

Nach drei Jahren hatten wir die schlimmsten Krankheiten überstanden und einen routinierten Tagesablauf. Die älteren Brüder waren bereits beide im Fußballtraining oder hatten Musikunterricht. Durch die Unterstützung des Au-pair-Mädchens konnte ich ein paar Stunden ins Fitnessstudio in der Woche. Am Wochenende konnten wir zu zweit immerhin einmal essen oder ins Kino gehen.

So konnte ich nach einer Pause von drei Jahren, wie beabsichtigt, meinen Job halbtags im Referat Naturschutz wieder aufnehmen.

In den Sommerferien fuhren wir manchmal zu meinen Eltern auf ihr Ferienhaus in Spanien. Das Haus hatte einen eigenen kleinen Swimmingpool. Meine Kinder lernten dort das Schwimmen. Im Urlaub verstanden wir uns mit meinen Eltern recht gut, da wir alle unseren stressigen Alltag und unsere familiären Differenzen aus meiner Kindheit mit meinen Eltern hinter uns lassen konnten.

Natürliche Ressourcen

Mit meinem Chef meines Referats Naturschutz verstand ich mich bestens. Er
war ein sehr guter Ausbilder und verstand es bald, dass ich am leistungs-
fähigsten war, wenn man mir viele Freiheiten in der Arbeitsgestaltung ließ.
Die Kinder gingen zur Grundschule und
in den Kindergarten. Wenn sie von der
Schule nach Hause kamen, kam ich aus
dem Büro zurück. Mein Mann arbeitete
inzwischen in Karlsruhe und kam aufgrund des täglichen Pendelns mit dem
Zug immer erschöpft nach Hause. Wir

beschlossen, dass er in Karlsruhe eine Wohnung mieten sollte, um diese Belastung nicht mehr zu haben. Er kam jetzt einmal pro Woche und am Wochenende nach Hause. Daran gewöhnten wir uns sehr schnell.

Da mir das Unterrichten von Studenten viel Spaß machte, hatte ich die Arbeitsgemeinschaft der Juristen in Konstanz übernommen. Eine ideale Ergänzung zu meinem Job. Auch fachlich lernte ich sehr viel dazu. Sehr bald hatte ich mir einen guten und praktikablen Arbeits- und Familientag organisiert.

Auf einem meiner Vorträge an der Universität für Umweltrecht sprach mich eine Professorin an, ob ich mir vorstellen könnte, dort zu unterrichten. Das konnte ich mir sehr gut vorstellen. Zu dieser Zeit war ich sehr fit und belastbar.

Allerdings erwartete man dort einen Doktortitel. Ich überlegte mir das gesamte Vorhaben, die Vereinbarkeit mit meiner Familie und meinem Job. Mein Mann unterstützte das Vorhaben und wollte sich am Wochenende um die Kinder kümmern, falls ich promovieren sollte. Nach wenigen Wochen war der Entschluss gefasst, ich würde eine Dissertation schreiben.

Ein Haus am See

Wir fühlten uns in unserer großzügigen Altbauwohnung zu fünft sehr wohl. Jedoch bedurfte jeder Ausflug, jede Unternehmung einer großen Vorbereitung und Organisation. So entstand die Idee ein Ferienhaus im nahegelegenen Schwarzwald zu mieten. Dort konnten wir unsere Ausflugsutensilien dauerhaft unterbringen und dem Lern- und Arbeitsstress entfliehen. Nach wenigen Wochen Suche hatten wir ein kleines Häuschen am

Titisee gefunden. Das Haus war klein, hatte aber einen Garten mit einem Trampelpfad, der direkt ans Ufer des Titisees führte.

Es war das ehemalige Dienstbotenhaus der direkt angrenzenden herrschaftlichen Villa der Eigentümer. Die Eigentümer nutzten die Villa nur noch in den Ferien und selten am Wochenende, hatten diese aber im Dachgeschoss vermietet.

Nach unserem Einzug im Sommer genossen wir die ersten Sommerferien auf dem Haus. Da mein mittlerer Sohn im Hochsommer Geburtstag hat, feierten wir seinen Geburtstag mit einer Schlauchbootrally auf dem Titisee und anschließendem Grillen. Die Kinder fühlten sich umgehend wohl in diesem Teil des Luftkurortes. Wenn morgens noch kein Schiff und kein Ruderer oder Fischer auf dem See unterwegs ist, liegt der See völlig ruhig ins Bärental eingebettet. Die hohen Schwarzwaldtannen spiegeln sich im Wasser. Schaut man genau auf die Wasseroberfläche sieht man zahllose Libellen und Fische, die über die

Oberfläche springen. Aus den Tiefen des unglaublich sauberen Seewassers ranken die Wasserpflanzen empor. Im Sommer bietet sich der See zum abkühlenden Schwimmen an. Dann bevölkern die vielen

Ruder- und Tretboote sowie Ausflugs-
dampfer mit Touristen den See. Bis zum
Sitzplatz in unserem Garten waren dann
die Durchsagen auf den Schiffen der Ti-
tiseeflotte und das kratzen des See-
bruckzuges auf den Gleisen zu hören.
Der ständige Verkehr auf der B 500 bildete eine dauerhafte Geräuschkulisse.
Nur 300 Meter entfernt lag das Titisee-
Schwimmbad. Dort gab es alles, was sich
Kinder wünschen. Einen Spielplatz, ein
Volleyballfeld, eine Tischtennis-
platte, ein Schwimmbecken für Kinder
und eines Eiskiosk. Die Kinder genossen
die Aktivitäten dort und in der Natur,

wenn wir uns in der Umgebung zum Mountainbikefahren gemeinsam aufmachten.

Im Winter fuhren wir von dort aus zum Skifahren auf den Feldberg. Aber auch im abschüssig gelegenen Garten konnten die Kinder mit ihren Schlitten den Hang hinunterrodeln. Auf dem zugefrorenen See fuhren wir in einem sehr kalten Winter mit den Schlittschuhen vom Haus bis zum Ortskern, wo es warmen Kakao und Kekse gab. Das Haus erfüllte alle unsere Erwartungen, auch wenn es sehr einfach eingerichtet war.

Als die Kinder in die Pubertät kamen verloren sie das Interesse an Aufenthalten im Ferienhaus, da sie lieber mit ihren Freunden in der Stadt abhängen wollten. Ich kündigte daher den Mietvertrag. Auch heute noch fahre ich oft mit meinem Lebensgefährten an den See zum Baden. Das Schwimmbad ist nie überfüllt und das saubere Wasser herrlich zum Abkühlen.

Frau Doktor

Bei meiner Lehrtätigkeit war das Naturschutzrecht ein Schwerpunktthema. Dieses Thema interessierte mich so sehr, dass ich darüber meine Doktorarbeit schreiben wollte. Mein damaliger Mann unterstützte das Projekt sofort. Er selbst hatte einige Jahre zuvor den Titel erworben.

Für eine Doktorarbeit benötigt man einen sog. Doktorvater, das ist ein Professor an einer Universität, der die Arbeit begleitet. Ich recherchierte, wer zu diesem Thema in meiner räumlichen Umgebung passen könnte, und fand den Dekan der Universität Freiburg. Er hatte selbst seine Habilitation im Bereich Umweltrecht geschrieben und ein Lehrbuch herausgegeben.

Ich schrieb eine Grobgliederung, die ich zu unserem ersten Gespräch mitbrachte. Er unterstützte das Projekt und schlug mir einen sog. Zweitkorrektor vor. Er wies mich auf die Schwierigkeit hin, dass ich Praktikerin war und das tägliche wissenschaftliche Arbeiten wie an einer Universität nicht mehr gewohnt war. Eine Doktorarbeit muss jedoch eine wissenschaftliche

Arbeit sein, um bei einer Universität angenommen zu werden und Aussicht auf eine ausreichende Bewertung als solche zu haben. Es kam also auf jeden Fall <u>sehr viel</u> Arbeit auf mich zu. Dies neben meinem Job und neben der Familie.

Ich vereinbarte ein Treffen mit dem mir vorgeschlagenen Zweitkorrektor, der eine Person außerhalb der Universität sein und die juristische Befähigung dazu haben sollte. Es war ein Anwalt aus dem öffentlichen Recht. Er unterstützte mein Projekt ebenfalls und bat mich, eine ausführliche konkrete

Projektskizze für die Arbeit zu erstellen, quasi den roten Faden der Arbeit.

Ich wollte mir von vornherein, da ich einige kannte, die eine Doktorarbeit nach Jahren abgebrochen hatten, maximal zwei Jahre Zeit lassen, um die Arbeit fertig zu stellen.

Die von ihm gegenkorrigierte Projektskizze reichte ich bei der Universität Freiburg ein. Wenige Wochen später erhielt ich die Nachricht, dass meine Arbeit an der Universität Freiburg, Juristische Fakultät, angenommen worden war.

Ab diesem Zeitpunkt arbeitete ich jedes Wochenende an meiner Dissertation. Ich baute mir unseren Wintergarten zuhause als Arbeitsplatz um. Hier konnte ich alles liegen lassen, ohne dass die Kinder alles durcheinanderbrachten. Natürlich gab es zu meinem Thema „Die Eingriffsregelung im Naturschutzrecht" bereits eine Unmenge an Büchern und Aufsätzen. Die Menge an Gerichtsentscheidungen war unübersehbar. Ich legte mir eine Bibliotheksdatei an.

Mir ging es vor allem darum, in dieser Arbeit die praktischen Probleme und Lösungsmöglichkeiten darzustellen, die dieses Rechtsgebiet auch in meiner täglichen Praxis aufwarf. Über Monate arbeitete ich fast jedes Wochenende durch.

Dann schickte ich die ersten Kapitel und eine Gliederung an meinen Zweitkorrektor. Wir vereinbarten ein Treffen. Er wies mich darauf hin, dass es nicht ausreichend wäre, alles Geschriebene zusammenzutragen. Die eigene Leistung der Dissertation wäre, z.B. eigene Lösungswege aufzuzeigen, die so noch nicht vorgeschlagen wurden. Auch bedürfte es noch umfangreicherer Textnachweise. Dies, um zu zeigen, dass

man sich gründlich mit der Materie aus-
einandergesetzt hatte. Nach längerem
Forschen gelang es mir, zumindest einen
neuen Lösungsansatz zu skizzieren, der
neu war.

Meine Kinder ließen mich arbeiten und
mein Mann hielt mir für diese Zeit den
Rücken am Wochenende frei. Außerdem
entlastete mich unter der Woche unser
liebgewonnenes Au-pair-Mädchen.

Tatsächlich war ich nach zwei Jahren
an dem Punkt, dass ich nichts Neues
mehr zu dem Thema las und die

bestehenden Problemdiskussionen alle abgebildet hatte. Ich schickte meinem Zweitkorrektor die Arbeit, bevor ich sie bei der Universität einreichte, mit den Worten Trappatonis: „Ich habe fertig."

Wenige Wochen später erhielt ich sie korrigiert zurück. Er empfahl mir eine Lektorin, um den kompletten Text überarbeiten zu lassen, um grammatikalische Ungereimtheiten korrigieren zu lassen. Ich traf mich mit der Lektorin, die sehr nett war und auch andere juristische Bücher bearbeitet hatte. Die

Korrekturen meines Zweitkorrektors und meiner Lektorin waren sehr detailliert und sehr hilfreich.

Kurz darauf schickte ich 200 Seiten meiner Dissertation mit dem Titel „Die Eingriffsregelung in der baden-württembergischen Verwaltungspraxis" an die Uni Freiburg. Es dauerte einige Monate, bis mein Doktorvater alles gesichtet und bewertet hatte. Ich hatte es geschafft und bestanden. Während der Arbeit hatte ich oft das Gefühl gehabt, dass sich meine Synapsen erweitert hätten, weil ich so hochkonzentriert wissenschaftlich über Stunden arbeiten musste. Auch in meiner Freizeit dachte ich permanent über mein Thema nach. Zu keinem Zeitpunkt hatte ich Angst, es würde für den Titel nicht reichen.

Nun ging es an die Vorbereitung der mündlichen Prüfung. Dies kostete mich erneut einige Wochen Zeit, um den sperrigen Lernstoff zu erfassen. In vier Fächern wurde ich mündlich geprüft. Hier spürte ich, dass manche Professoren eine „Praktiker-Arbeit" als minderwertig ansahen. Gleichzeitig aber sahen sie auch die enorme Leistung, die hinter dieser Arbeit persönlich stand.

Niemand hatte hier ein Interesse, eine bereits als bestanden bewertete schriftliche Arbeit im Rahmen der mündlichen Prüfungen noch herauszuwerfen. Schlussendlich bestand ich in allen Fächern mit meiner schriftlichen Vornote. Die Endnote wurde im Dekanat verkündet.

Mit zwei weiteren Doktoranden nahm ich mein Ergebnis entgegen. Ich war total erschöpft, total stolz und sehr froh, dass ich es geschafft hatte. Verabschiedet wurde ich bereits mit „Frau Doktor" und das fühlte sich wahnsinnig gut an!

Nach den Regularien der Universität erhielt ich meine Doktorurkunde auf Deutsch und Latein. Außerdem musste ich achtzig Exemplare der Arbeit gedruckt für die Bibliothek abgeben. Als die Kartons mit meiner, in hellblauem Umschlag, gedruckten Dissertation eintrafen, war ich sehr stolz und schickte einigen juristischen Freunden meine Arbeit. Es war ein erhabenes Gefühl, ein eigenes Buch zu schreiben. Ab jetzt konnte ich an jeder Universität externe Lehraufträge annehmen.

Ein viel zu kurzes Leben

Der Patenonkel meines ältesten Sohnes hieß Johannes. Er war schon während des Studiums unser bester Freund gewesen. Ein hochbegabter Jurist. Ebenso wie wir hatte er drei Kinder.

Wir saßen gerade auf dem Balkon, als uns das Sekretariat der Universität Magdeburg anrief. Ein Mitarbeiter teilte meinem Mann mit, dass Johannes bei einem Gondelunfall in Venedig ge-storben war. Mein Mann sollte dringend die Witwe kontaktieren, um sie auch juristisch zu unterstützen.

Es traf uns wie ein Schlag. Wir konnten es erst nicht glauben, weil es so unvorstellbar war. Mein Mann flog am nächsten Tag ab und kam erst einige Tage später zurück. In den Medien hatte sich dieser Unfall wie ein Lauffeuer verbreitet und alle möglichen Nachrichten über die Unfallfolgen wurden verbreitet.

Wir aber erlebten, wie ein solcher Unfall den Lebensplan einer ganzen

Familie torpediert. Tausend Fragen stellte ich mir.

Wären *wir* auf so ein Ereignis rechtlich, familiär und finanziell vorbereitet? Gäbe es einen Plan B? Ich hatte Albträume, in denen mein Mann ums Leben kam. Was würde aus den Kindern werden?

Niemand ist auf so ein Ereignis vorbereitet, da man darauf vertraut, dass der Bund der Ehe ein Bund *fürs Leben* ist.

Schweren Herzens fuhren wir einige Wochen später zur Trauerfeier. Aufgrund des Bekanntheitsgrades von Johannes waren über 500 Trauergäste anwesend. In der Einsegnungshalle saßen die Witwe und die drei kleinen Kinder in der ersten Reihe. Ein noch recht junger Pfarrer kämpfte bei seiner Rede mit den Tränen. Zahlreiche gemeinsame Freunde waren dort. Während der Trauerfeier gingen mir lauter Szenen durch den Kopf, gemeinsam Erlebtes. So z.B. wie Johannes einen Tag nach der Geburt meines ersten Sohnes diesen euphorisch im Krankenhaus im Zimmer herumgetragen hatte. Gemeinsame Abende, an denen wir mal wieder über Gott und die Welt diskutiert hatten.

Schließlich war der Gottesdienst zu Ende und der Sarg wurde von den Gondolieri aus Venedig zum Grab getragen.

Der Gang an das Grab war der schwerste Moment, den ich bisher erlebt hatte. Ich konnte nur erahnen, was auf diese Familie zukommen würde. Auch meine Söhne nahm es sehr mit. Auf der Rückfahrt sprach niemand ein Wort.

Mein Mann kümmerte sich die nächsten Wochen um die juristischen Fragen. Dass ich mit der Trauer nicht zurechtkam, mich alleingelassen fühlte und war, nahm er nicht wahr. Ich spürte, dass ich immer hilfloser wurde. Es fehlte

<u>auch mir</u> an Beistand. Ich holte mir psychologische Hilfe. Mir wurde klar, dass ich meine Zukunft und die meiner Kinder besser absichern musste. Es gab zu viele rechtlich ungelöste familiäre Fragen.

So hatte der Tod von Johannes auch Defizite in unserer Beziehung aufgezeigt, die mitursächlich für unsere spätere Trennung waren.

So war es ein doppelter Abschied von geliebten Menschen.

Zeit für Veränderung

Unser Leben als Großfamilie hatte über die letzten Jahre einen immer gleichen Rhythmus angenommen. Durch unsere Arbeit hatten wir einen gehobenen Lebensstandard. Die Kinder waren inzwischen groß geworden, hatten ihren eigenen Freundeskreis.

Mein 50. Geburtstag stand bevor. Der runde Geburtstag, den „man" groß feiert. Also stiegen mein Mann und ich in die Planung ein. Es sollte ein großes Fest werden und möglichst viele Freunde, Kollegen und Angehörige sollten kommen. Schlussendlich kamen hundert Gäste zusammen.

Ich habe die letzten fünfzig Jahre revuepassieren lassen und eine Rede geschrieben. Titel: Regenerative Energien, die Sonne, der Boden, das Wasser und der Wind, die Energieträger der Erde. Aber auch die des Menschen, wenn man es genau betrachtet. Unsere Sinne Augen, Ohren, Nase saugen sie mit unzähligen Rezeptoren auf und wandeln sie in Lebensenergie um. Mir war klar, dass fünfzig ein Schaltjahralter war. Die Kinder mussten jetzt ihre eigenen Wege gehen und was war mit meiner eigenen Beziehung. Wo ging dort die Reise hin? Was brauchte es, um weiter eine gemeinsame Zukunft zu haben? Gemeinsamkeiten und Lust auf Neues.

In den letzten Jahren war ich eigenen Hobbys, wie dem Singen im Chor oder dem Fitnesstraining im Gym nachgegangen. Meine Beziehung hatte sich zu einer Art Erhaltung des hohen Status quo entwickelt. Durch die drei Kinder blieb für Zweisamkeit nicht viel Zeit. Ich aber wollte wieder zusammenrücken und Neues gemeinsam erleben. Anders mein Man, dies war nicht <u>sein</u> Plan. Ich musste eine Entscheidung treffen.

Nach einer Woche Auszeit allein, um einen klaren Kopf für eine Entscheidung von solcher Tragweite zu bekommen, war mir klar, ich brauchte Freiheit für meine Interessen und der Status quo war nicht alles. Also trennte ich mich nach 31 gemeinsamen Jahren von meinem Mann. Für meine Kinder war diese Entscheidung überfällig, mutig, befreiend und zugleich vorwerfbar. Zum Scheitern gehören immer zwei.

Schließlich zog ich in eine kleine an-
gemietete Wohnung auf Zeit und einige
Zeit später in meine eigene große Wohnung; zusammen mit meinem jüngsten
Sohn. Mein ältester Sohn war bereits
seit einiger Zeit in eine eigene Wohnung gezogen. Ein mittlerer Sohn begann
ein Studium in Leipzig.

Als wir an Weihnachten dem Umzug mit
Unterstützung meiner Freundinnen geschafft hatten, war das euphorisch und
befreiend, denn nun waren die Rahmenbedingungen für einen Neustart vorhan-
den. Alles lief gut und es war genau
die richtige Entscheidung!

Eine lange Zeit nicht als Single gelebt zu haben, fühlte sich sehr ungewohnt an, keine Rituale, neue Ideale, keine Kompromisse, alles selbst gewählt, keine Sprachlosigkeit, aushaltbare Ruhe. Lange brauchte jedoch der Kopf, bis er sich auf alles um- und einstellte und aufhörte, jede Nacht die Trennung zu verarbeiten. Es war, als ob das bisherige Leben im Kopf seinen Ablageplatz finden musste. Auch ehemals gemeinsame Freunde mussten sich entscheiden, mit wem von uns sie weiter Kontakt halten wollten. Das war ehrlich und verständlich, aber mitunter ein schmerzhafter Ablösungsprozess.

Auf jeden Fall wollte ich jetzt meine kreative Ader wieder ausleben und belegte einen Steinbildhauerkurs für ein Wochenende mit dem Motto: Staub von der Seele klopfen. Ich traf dort gleichgesinnte Menschen, die das wohl ebenso nötig hatten wie ich selbst. Mein Objekt aus Sandstein war ein Haifisch in Bewegung als Sinnbild dafür, sich freischwimmen zu wollen. Das hat mir sehr gutgetan und der Schaffensprozess war konzentriert und kreativ.

Danach meldete ich mich für einen Golf-schnupperkurs an. Dieser Sport hatte mich schon lange gereizt, fand er doch zumeist in herrlicher Natur statt. Das Golftraining machte riesigen Spaß. Wir bildeten Zweiergruppen, um uns gegen-seitig zu unterstützen. Dabei lernte ich eine sehr sympathische Frau kennen, die bereits Witwe war. Ihr Mann war bei einem Polizeieinsatz getötet worden. Bis heute sind wir eng befreundet.

Es bedarf einiger Fertigkeiten um einen kleinen 150 Gramm schweren Ball über

Grasnarben, Tümpel, Hügel und Sandgruben in ein Loch zu bugsieren. Bei den ersten Abschlagsversuchen traf ich den Ball nicht, sondern schlug in den Boden oder über den Ball hinweg. Eine gute Körperbeherrschung, volle Konzentration und der richtige Bewegungsablauf sind entscheidend für jeden Schlag, ob Abschlag, Drive oder Put. Da das Spiel ursprünglich aus England stammt, gibt es auf jedem Platz eine Kleiderordnung. Very britisch!

Erstaunt war ich über die Bereitschaft von erfahrenen Golfern, mich als totalen Neuling einzubeziehen und mitspielen zu lassen. Dabei habe ich sehr viel gelernt. Wann es zum Beispiel wirklich keinen Sinn mehr macht, einen verschossenen Ball suchen zu gehen.

Die Golfer kann man m.E. in bestimmte Typen von Spielern aufteilen. Der Abschlagstyp, der schon mit seinem perfekten immer gelingenden 240m-und-mehr-Abschlag die Bahn so gut wie geschafft hat. Der Einput-Typ, dessen Abschlag mittelmäßig ist, die Schläge okay sind, der aber das Einputten spielend beherrscht. Der Stratege, der die Zielfahne ins Auge fasst und spielend die ideale Schlagstrecke erkennt. Alle anderen spielen zum Reden, zum Businesstalk, zum Spazierengehen oder zum Lunch danach. Wer mit diesem Sport beginnt, lernt, wie viele Möglichkeiten der Lauf eines kleinen runden Balles nehmen kann, selbst wenn er unmittelbar an der Zielfahne liegt.

Jedenfalls ist es, nach wir vor, ein Sport, den ich sehr gern ausübe. Ideal zum Abschalten und auf sog. Jedermann-Plätzen durchaus finanziell erschwinglich. Nach mehreren Stunden auf dem Platz und in der Natur kann man sich erfrischt wieder der Arbeitshektik stellen. Am liebsten spiele ich Golf barfuß, was nur auf wenigen Golfplätzen erlaubt ist. Es ist ein wunderbares Gefühl den Grasuntergrund zu spüren und zu riechen. Langes Gras am Abschlag, dann dichter werdendes Gras auf der Bahn und schließlich der Rasenteppich an der Fahne. Dann der weiche Sand in den Sandgruben.

Beeindruckt hat mich aber vor allem, dass man diesen Sport bis ins hohe Alter spielen kann.

Einmal ergab es sich, dass ich mit einem älteren Ehepaar, beide um die 85, eine Platzrunde spielte. Es amüsierte sie, dass ich mich noch so über jeden gelungenen Schlag freuen konnte. Für sie war „der Weg das Ziel". Völlig harmonisch schoben sie ihren Caddy, rollatorengleich, über den Platz. Ihre Schläge wirkten völlig mühelos, die Technik war völlig ausgereift und das genossen sie offensichtlich. Und das sollte nicht das Letzte sein, was ich neu entdecken konnte.

Schönes Tiroler Land

In meinem ersten Trennungsjahr fuhr ich mit meinem Sohn nach Hintertux. Dort konnte er Ski fahren und ich mountainbiken. Wir kamen in einem typisch österreichischen Hotel unter. Am frühen Morgen wurden wir vom Läuten der Kuhglocken geweckt. Die riesigen braunen tiroler Rinder trabten gemächlich auf die Weide.

Nach dem leckeren Frühstück ging es für uns beide los. Ich hatte mir eine leichte Mountainbiketour herausgesucht. Ohne Probleme fuhr ich durch diese idyllische Landschaft mit ihren tiefgrünen Weiden, abwechslungsreichen Wäldern und wilden Flüssen. Im Wald roch es nach Moos, Pilzen, Wild und Gras. Auf 600m Höhe machte ich Rast. An mir zog ein Kuhhirte mit seiner Herde vorbei, ein höchstens 10-jähriger Junge, der die großen Tiere mühelos im Griff hatte. Immer wieder flogen große Greifvögel über mich hinweg. In der Ferne waren die Alpengipfel zu sehen. Ein Naturerlebnis, wie ich es liebte.

Am Abend aßen wir in Ruhe und berichteten uns gegenseitig vom Tag.

Hintertux ist das Sommertrainingslager einiger Skiclubs, da es dort auch im Sommer noch ausreichend Schnee zum Skifahren gibt. Außer den Clubs kommen Touristen hierher, um zu wandern, zu mountainbiken und Ski zu fahren.

Am nächsten Tag fuhr ich mit der Gondelbahn ins Skigebiet, um mir das anzuschauen. Etwas surreal wirkte es, dass Skifahrer im Sommer in Wintermontur die Bergrestaurants füllten. Aber mein Sohn war in seinem Element. Er brannte für diesen Sport und die

Snowparkfahrer kannten sich in der Regel alle von irgendwoher.

Für den nächsten Morgen hatte ich eine Wanderung zu einem Wasserfall geplant. Recht steil ging es den Berg hinauf. Das Wasser stürzte sich dort den Berg hinunter und der Rückweg ging über sehr gut gepflegte Almwiesen. An einer Wassertretstelle machte ich Rast. Einfach tip-top. Entspannt vergingen die gemeinsamen Tage und sehr erholt kehrten wir nach Freiburg zurück.

Eine Insel zum Verlieben

Ein Sommerurlaub als Single stand an. Da ich nicht gleich ins Ausland verreisen wollte und dennoch am Meer Urlaub machen wollte, fuhr ich nach Usedom. Auf der Fahrt nach Usedom machte der Zug einen Zwischenstopp. Dort hingen jugendliche Neonazis am Bahnhof herum. Auch im Zug saßen Jugendliche mit rechtsradikalen Tattoos.

Ich hatte mir ein kleines, erschwingliches, Reetdach gedecktes Haus in Strandnähe in Zempin gemietet. Das Häuschen war sehr geschmackvoll eingerichtet und ich fühlte mich sofort wohl.

Meine Reise hatte ich mit einem Reise-
führer geplant und so fuhr ich am ersten Tag in das Schmetterlingshaus. Es
war voller Schmetterlinge in allen Farben. Sie saßen in Augenhöhe auf den
Blättern zum Greifen nahe. Das ganze
Haus war mit tropischen Pflanzen ange-
füllt, die in einer dampfigen und
feuchten Luft einen süßlichen Geruch
verströmten. In zum Teil sandigen Boden
bewegten sich große Schildkröten. Man
wurde in eine Art Dschungelwelt versetzt.

Zurück mit dem Fahrrad und in den orts-
ansässigen kleinen Supermarkt. Hier
kannte noch jeder jeden. Die Kassiere-
rin duzte jedenfalls alle. Müde von der
Seeluft fiel ich ins Bett.

Am folgenden Tag machte ich eine lange
Strandwanderung. Künstler hatten Sand-
figuren gebaut. Die Möwen saßen aus-
schauhaltend auf den Wasserpfählen.
Die Strandkante war vom letzten Win-
tersturm abgebrochen und nicht ganz ab-
gestürzte Bäume hingen über den Saum.
Da die Hauptsaison bereits vorbei war,
war der Strand menschenleer. Am Abend

ging ich in die hauseigene Sauna, das reinste Wohlfühlprogramm.

Am nächsten Morgen wachte ich vom Regen auf, der an die Scheiben des Hauses trommelte. Alles war in Nebel gehüllt. Ich schaute, was der große Wohnzimmerschrank zu bieten hatte, in dem viele Spielsachen und CDs verstaut waren. Dabei entdeckte ich eine Dose mit Perlen und zog eine Kette auf. Das hatte ich als Kind schon gern gemacht.
Wie üblich lag das Gästebuch für Einträge bereit. Es amüsierte mich, was die vorherigen Gäste alles eingetragen

hatten. Viele gaben Tipps für beste Restaurants oder Unternehmungen. Einige hatten wunderschöne Bilder vom Strand gezeichnet. Ganz besonders die Kinder hatten viel hineingemalt. Manche hatten sogar Gedichte geschrieben. Ich schrieb auch einen kleinen Beitrag hinein. Alle wollten gerne wiederkommen.

Am nächsten Tag kam meine Vermieterin mit Kuchen vorbei. Wir unterhielten uns eine ganze Weile. Sie war sehr nett und brachte mich am Abreisetag zum Bahnhof. Ich buchte das Haus gleich wieder für das kommende Jahr, da ich komplett er-

holt und mit vielen positiven Eindrü-

cken die lange Rückreise antrat.

Krieg und Spiele

Einmal im Jahr fuhr ich, inzwischen war das schon Tradition geworden, mit meinem jüngsten Sohn in eine interessante Stadt. Seine Brüder hatten mittlerweile feste Freundinnen, mit denen sie ihre Urlaube verbrachten. Mit ihnen traf ich mich regelmäßig zum Essen oder Kaffee trinken oder besuchte sie an ihren Studienorten.

In diesem Jahr stand Rom auf der Agenda. Vor sehr langer Zeit war ich mit meinem Lateinkurs schon einmal in Rom gewesen.

Vom Flughafen aus ging es in unser Hotel, das direkt an einer großen Parkanlage lag. Es war wunderbar ausgestattet mit Pool und großen Zimmern. Auch mein Sohn hatte Latein in der Schule und wusste daher, was es mit den antiken Anlagen der Römer auf sich hatte. So besuchten wir zunächst das Forum Romanum. Es war unglaublich heiß an diesem Tag. Wenn man über dieses alte Stadtgelände läuft, spürt man die anspruchsvolle Architektur und Kultur,

die die Römer damals schon gehabt haben. Vor allem auch die großen Statuen
zeigen die Fingerfertigkeit der dama-
ligen Steinbildhauer. Alles wurde zu
Ehren der Stadtoberen oder der anzube-
tenden Götter angefertigt. Wir machten
uns auf den Rückweg und wanderten eine
Zeit lang am Tiber entlang. Da der Weg
zum Hotel doch zu weit war, fuhren wir
mit dem Taxi zurück. Den Tag ließen wir
am Pool ausklingen.

Diese Kurzurlaube konnten wir immer gut
nutzen, um Dinge zu besprechen, für die
die Zeit sonst zu kurz war.

Wir sprachen darüber, welche Zukunfts-
pläne wir jeweils hatten und darüber
wie sich die geschwisterliche Beziehung untereinander seit meiner Schei-
dung verändert hat. Die Trennung hatte
das Verhältnis zu den Kindern definitiv
verändert. Sie waren alt genug, um damit erwachsen umzugehen. Ich hatte das
Gefühl, dass wir uns jetzt auf *Augenhöhe* begegneten.

Wir gingen ins Kolosseum. Es ist beeindruckend, wie einschüchternd dieser
Rundbau in seiner Größe ist. Aus den
alten Erzählungen weiß man, dass in

dieser Arena viele Menschen um ihr Leben gekämpft haben. Das Gebäude ist von vielen Treppen her begehbar bis in die Katakomben hinab. Nach einigen Stunden verließen wir ziemlich beeindruckt das Kolosseum. Zurück schlenderten wir an vielen Unterhaltungskünstlern vorbei, die die Touristen mit ihren witzigen Angeboten lockten. So konnte man sich als Römer verkleidet mit Schwert und Helm fotografieren lassen oder das Colosseum aus Luftschlangen gebastelt als Sonnenhut erwerben. Und zum Abschluss ging es natürlich in eine Pizzeria.

Die italienische Lebensart ist sehr einnehmend, weil sie so lebhaft und fröhlich ist in dieser Stadt. Auch wenn der laute Verkehr sich durch die Stadt drängelt, ist es doch nicht hektisch. Wir ruhten uns in der mittäglichen Siesta von den vielen Eindrücken des Tages unter der Hitze Roms aus.

Am folgenden Tag ging es zum Petersdom. Nachdem wir die strengen Kontrollen passiert hatten, musste ich meine Schultern mit einem Tuch bedecken, bevor wir die heilige Stätte betreten durften, – ein imposantes Gebäude – und natürlich erklommen wir die vielen Stufen bis zur Kuppel. Von dort aus hatte man einen tollen Blick über diese riesige Stadt.

Am letzten Tag liefen wir noch ein wenig durch ein Einkaufszentrum und kauften T-Shirts und Postkarten. Wie immer war die Zeit wie im Flug vergangen. Sehr früh am nächsten Morgen flogen wir nach Basel und kamen wieder mit vielen Eindrücken in Freiburg an.

Geysire, Feen und Trolle

In meinem zweiten Singlejahr buchte ich eine Reise
nach Island. Davon hatte ich schon immer geträumt.

Ich reiste mit einer Busreisegruppe, bestehend aus vierzig Personen. Frühmorgens fuhren wir zum Flughafen Basel und flogen mit Zwischenstopp in Frankfurt nach Reykjavik. Schon im Flugzeug hatten alle ihre großen sperrigen Wanderschuhe, die nicht mehr in die Koffer passten, an.

Vom Flughafen ging es ins Hotel zur Begrüßung der
Teilnehmer. Es war eine bunte Gruppe aus jungen Hippies, naturverbundenen Leuten und rüstigen älteren alleinstehenden Menschen, bereit zum Aufbruch auf dem „Golden Circle". Eine standardisierte Rundtour mit fixen Zielen auf Island.

Am ersten Tag wurden wir auf zwei geländegängige
Kleinbusse verteilt. Unsere Reiseleiterin, eine Isländerin, verteilte uns sehr geschickt mit ihrem nordischen

Charme. Unser erstes Ziel war ein ehemaliger Vulkan. Endlos ging es durch ein langes Tal, bis wir den Vulkankegel schon von Weitem sahen. Wir benötigten zweieinhalb Stunden, um ihn zu erwandern. Weiter ging es zu unserer nächsten Unterkunft, die an einen Ponyhof angeschlossen war. Wie die meisten Unterkünfte war sie robust und zweckmäßig.

Schon bald fand man unter den Mitreisenden die Gruppe, die zu einem passte. Ich saß mit einer Chefin eines Galvanikunternehmers und einem Biologen an einem Tisch. Sie hatten ihre 75-jährige Mutter dabei, die noch sehr rüstig war.

Unser nächstes Ziel war ein großes Seengebiet, genannt Mückensee. Um nicht von den winzig kleinen Mücken zerstochen zu werden, mussten wir uns wie Imker verkleiden. So lief eine kurios aussehende, weiß gekleidete Gruppe von Menschen in einer tiefgrünen Seenlandschaft herum. Allesamt unentwegt Mücken verscheuchend, was natürlich völlig aussichtslos war.

Unser Abendquartier bezogen wir in einer Lobsterbucht. Wir gingen in ein großes Hummerlokal.

Da Hummer hier leicht zu fischen waren, waren sie überhaupt nicht teuer. Ganz auf isländische Art wurde hier mit den Fingern und einem Latz um den Hals gegessen. Wie absurd kommt es einem da vor, wenn man bedenkt, wie wir das in deutschen Lokalen machen. Mit einer Werkzeugtasche voller Geräte sitzt man dort am Tisch, um dem Tier das leckere Fleisch zu entlocken, außerdem mit einem Schälchen Zitronenwasser, um sich die Hände reinigen zu können. Vom Preis ganz zu schweigen.

Am nächsten Morgen fuhren wir ein Städtchen weiter, was hier drei Stunden Fahrzeit bedeutete. Wir besuchten ein Walmuseum. Dort hingen die riesigen Skelette dieses größten Meeresbewohners von der Decke herab. Selbst in diesem Zustand dachte man unweigerlich an Moby Dick. Verschiedene Arten von Walen gab es hier.

Der Ort hatte viele Jahre zuvor noch vom Walfang gelebt. Alles an diesen Tieren wurde verwertet. Das Walfett als

Zündstoff für Straßenlaternen. Die Knochen für Werkzeuge und Schmuck. Das Fleisch aß man. Wie gefährlich der Walfang war, konnte man eindrucksvoll auf den Wandgemälden sehen. Unzählige Menschen hatten dabei ihr Leben verloren. Noch heute kann man mit Booten zum *Walewatching* hinausfahren.

Auf der Fahrt zu unserer nächsten Unterkunft unterhielt uns unsere Reiseleiterin mit Geschichten über die isländischen Mythen von Bergtrollen, Feen und Göttern, die in den Bergen leben. Sieht man sich diese Urlandschaft mit Wasserfällen, Steilhängen, moosbedeckten Felsen und tiefgrünen Wäldern an, versteht man das Entstehen dieser Mythen sehr gut. Vor allem der lange dunkle und raue Winter ist die Zeit dieser Geschichten. Eine Zeit, die das Gemüt zu sehr belasten kann. Zum Abschluss sang sie ein altes isländisches Lied. Völlig verzaubert vom Eintauchen in diese Welt, kamen wir bei der Unterkunft an.

In der Nacht war ein Sturm aufgezogen und der Regen
peitschte gegen die Fenster. Wege wurden unterspült,

insbesondere die Landstraße. Unsere Reiseleitung
beschloss daher, nur ein kurzes Stück bis zu einer Zwischenunterkunft zu fahren.

Wir machten einen Abstecher zum Strand. Da der Wind immer noch tosend den Bus hin und her riss, mussten wir uns am Bus festbinden und an einem Seil zum Strand gehen. Noch nie hatte ich Wind mit einer derartigen Kraft erlebt. Mit Mühe erreichten wir wieder den Bus. Unser Busfahrer, der im Winter hier die Schneepflüge fährt, blieb völlig gelassen, da er sicher viel raueres

Wetter kannte. Auch er sah mit seinen roten Haaren, die zu einem Iro geschnitten waren, und seiner Statur aus wie ein Wikinger aus den bekannten Geschichten von „Halvar und seinen Männern".

Am kommenden Morgen war das Wetter vorbeigezogen und die Sonne schien. Genau das richtige Wetter für den größten Wasserfall Islands, den Syssiphoss. Über viele Meter breit stürzt sich das Wasser in die Tiefe. Der Lärm, den es dabei macht, ist ohrenbetäubend. Viele, die sich hier ablichteten, machten ein Victoryzeichen, weil es sich so großartig anfühlte, an einem so gewaltigen Naturschauspiel teilzuhaben.

Am Abend fielen wir ins Bett, erschöpft von so viel purer Naturgewalt und den vielen Eindrücken.

Weiter ging es am nächsten Tag zu einem großen Geysirfeld, das stark nach Schwefel roch. Die rot, gelb und orange leuchtende Erde war so warm, dass man es durch die Schuhe hindurch spürte. Im Abstand von Minuten schossen die Geysire wasserspeiend in die Hohe.

Zum Tagesausklang fuhren wir in ein kleines Städtchen und gingen noch etwas trinken. Die Menschen auf Island haben sich dieser rauen Natur perfekt angepasst. Ihre großen Allradautos stehen wie Blechriesen an den Straßen, bereit jedem Wetter zu trotzen. Die Natursteinhäuser sind massiv gebaut, so dass jeder Sturm, jedes Unwetter nicht in der Lage ist, die Behausungen anzukratzen.

Allein der große Vulkan Snaefellsjökull kann mit seinen breiten Lavaausläufern Mensch und Tier zerstören. Dies konnten wir eindrucksvoll im Vulkaninformationszentrum anhand eines Dokumentarfilms über den letzten

Vulkanausbruch erfahren. Das später erkaltete Lavagestein prägte die Landschaft und schuf wieder neues fruchtbares Land.

Am kommenden Morgen fuhren wir in eine solche Lavalabyrinthlandschaft. Die großen Lavaströme hatten dort tiefe Gräben geformt, über denen sich ein Birkenwald gebildet hatte. Der Ort war magisch vom Rauschen der feinen Birkenblätter erfüllt. Endlos verliefen sich die Lavagänge über eine riesige Landschaft. Chne die aufgestellten Wegweiser wäre man verloren gewesen.

Den Abschluss der Reise bildete ein Aufenthalt in der
Hauptstadt Reykjavik. Dort herrschte eine geschäftige Atmosphäre, vor allem am großen Hafen. Die großen Fähr- und Passagierschiffe legten dort an. Besonders beeindruckend war für mich der Blick aus dem Hafenfjord.
Wir fanden uns zum großen Abschlussessen zusammen. Da uns die Reiseleiterin hervorragend durch diese Insel geführt hatte und die Reise mit den Geschichten dieser Insel in eine wundervolle Zeitreise verwandelt hatte, überreichten wir ihr ein großes Dankesgeschenk. Es

war ein Essensgutschein sowie unser Best-off-Island-Fotoalbum, dass wir zwischenzeitlich zusammengestellt hatten.

Am frühen Morgen ging es zum Flughafen und sieben Stunden später war ich wieder in Freiburg. Wie harmlos und klein wirkt ein Schwarzwald, wenn man von einer derartigen Vulkaninsel kommt. Die einzigartigen Eindrücke dieser Reise waren für mich nachhaltig und unvergesslich.

Schmetterlinge im Bauch

Nach zwei Jahren als Single bekam ich wieder Lust auf eine Beziehung. Aber wie einen Mann kennenlernen, wenn man berufstätig ist und sich immer wieder mit denselben Freundinnen und Freunden trifft?

Ich beschloss, dem Rat einer Freundin folgend, mich bei *parship* anzumelden. Schon nach kurzer Zeit hatte ich den Eindruck, dass sich dort kaum jemand so darstellt wie er wirklich ist. Die ersten Reaktionen auf mein „Profil" zeigten mir, dass ich dort keinen Mann finden würde, der meinen Vorstellungen entsprechen würde.

Ich wollte nicht die attraktive Gefährtin eines zwar rüstigen, aber dahinalternden Geschäftsmannes mit sicherem Einkommen und Immobilienbesitz werden. Ebenso wenig das sportliche Pendant des durchtrainierten Muskelmannes, dem kein Berg zu hoch, keine Strecke zu weit und kein See zu tief war. Auch der kunstinteressierte Intellektuelle mit eigener Vinothek erweckte nicht mein Interesse. Denn als Mutter von drei Söhnen stand ich für die Rolle der kleinen Kinder, schon aus zweiter geschiedener Ehe mit einer jüngeren Partnerin, die sich angeblich schon auf ihre neue Mutter freuten, nicht zur Verfügung.

Mit einem Mann machte ich ein Date aus. Er schickte von vornherein seine Tochter, unglaublich. Ich meldete mich ab und schlief wieder deutlich ruhiger.

Zu dieser Zeit ging ich regelmäßig mit meinem ältesten Sohn etwas essen. In einem Restaurant im Schwarzwald hingen Kunstwerke, die mich ansprachen. Der Künstler hatte auch seine Visitenkarte hinterlegt. Ich kontaktierte ihn und schlug ein Treffen vor. Aus einem geplanten kurzen Gespräch wurden fünf Stunden Geplauder über „Gott und die Welt". Mit Schmetterlingen im Bauch planten wir das nächste Treffen.

Nachdem ich ihn, Thomas, über ein Wochenende besucht hatte, hatten wir beschlossen, es miteinander zu versuchen, obwohl oder gerade weil wir unterschiedlicher nicht hätten sein können.

Ein kreativer Prozess

Immer wenn ich zusah, wie Thomas malte, bekam ich Lust darauf, es auch auszuprobieren. Ich nahm mir eine kleine Blume als erste Vorlage. Das Mischen von Farben, der Pinselstrich, eine gute Leinwand sind erst einmal diese Basics für ein gutes Bild. Und natürlich ein bisschen Talent. Die größte Herausforderung besteht in der Dreidimensionalität der Objekte. Am Anfang muss man sich entscheiden, welchen Malstil man verfolgen will. Abstrakt, gegenständlich, naiv oder fotorealistisch.

Mein erstes Bild, die kleine Blume, war schon mal ein Anfang, Acryl auf Leinwand. Inzwischen bin ich schon deutlich professioneller ausgestattet mit Staffelei, guten Acrylfarben und guten Keilrahmen. Da mich ein anderes Material gereizt hat, habe ich auch einige Kreidezeichnungen angefertigt. Dabei kann man enorm dynamisch malen. Gerade das schwarz-weiß zwingt aber zur Genauigkeit.

Ich habe festgestellt, dass man beim Malen ganz konzentriert sein muss und in der richtigen Stimmung. Malen ist nicht zu vergleichen mit dem Erledigen sonstiger Aufgaben. Kreativität braucht Muße. Egal welches Motiv man sich vornimmt, die eigene Komposition macht es immer zum Original. Je länger man malt, desto mutiger wird man. Aber auch hier kann nicht jeder das Rad neu erfinden, daher sind die Bilder häufig in bekannten Stilen gemalt.

Bilder haben mich schon immer interessiert. Daher war ich auch schon in sehr vielen Ausstellungen und Museen. Meine Lieblingskünstler sind Monet, Brüchel,

Pollock, Picasso, Christo, Rohtko, Dali und Jeff Coons. Mit Bildern bekannter Künstler beschäftigt man sich intensiver, wenn man selbst malt. Stück für Stück sieht man jedes Detail. Man betrachtet die Maltechnik, das Material und die Komposition und sucht nach der Bedeutung oder der Aussage des Bildes.

Jedes Mal, wenn ich von einer schönen Reise zurückkomme, halte ich die wichtigen Eindrücke auf der Leinwand und in einem Skizzenbuch fest. Eine Reise verbinde ich immer mit dem Besuch eines

Museums. Eines meiner Lieblingsmuseen ist das Pantheon-Museum in Berlin. Dort geht es mehr um die Darstellung der alten ägyptischen Bauten. Diese ist sehr beeindruckend.

Manchmal führen Ereignisse, die mich emotional überfordern zu einer depressiven Verstimmung. Mein Gefühl, wenn es mir wieder gut geht und dieser Bewältigungsprozess abgeschlossen ist, habe ich schon mehrfach in einem Bild festgehalten. Dies ist dann für mich ein sehr positives Schlussstatement.

Das Malen hat für mich durchaus auch einen therapeutischen Sinn.

Ein früher Tod

Mein jüngster Sohn war zum Frühstück vorbeigekommen. Er verstand sich gut mit Thomas. Thomas Handy klingelte. Sein ältester Sohn war in der Leitung. Er weinte die ganze Zeit. Wir wussten sofort, dass etwas Schreckliches passiert sein musste.

Dann teilte sein Sohn Thomas mit, dass er heute Morgen seinen Bruder, der Diabetes I hatte, tot in Thomas Wohnung gefunden hatte. In dem Moment brach Thomas förmlich zusammen.

Als wir das erfuhren, waren wir fassungslos, sprachlos, hilflos und entsetzt. Umgehend packten wir unsere Sachen und fuhren los. Es wartete schon ein Betreuungsteam vom Roten Kreuz auf uns. Angehörige waren da und eine Ärztin.

Was war passiert? Warum? Eine lange Spurensuche begann. Die Wohnung wurde zur Bedrohung. Viele Freunde kamen vorbei, um uns ihre Anteilnahme zu zeigen, auch Freunde des verstorbenen Sohnes.

Wir mussten feststellen, dass wir sie jetzt erst kennenlernten. Immer wieder telefonierte ich mit meinem Sohn, der versuchte, das Erlebte zu verkraften und Ängste zu bewältigen. Ich konnte oft nicht mehr, weil es sich so unwirklich und unbegreiflich anfühlte. Ständig hatte ich das Gefühl, Thomas Sohn wäre noch da und ich meinte, seine Stimme zu hören. Sein Zimmer war zu einem Ort des Trauerns geworden, voller Erinnerungsstücke. Immer wieder schreckten wir aus dem Schlaf und weinten und versuchten uns zu trösten.

Meine Freunde reagierten alle mit großer Fassungslosigkeit.

Mir wurde auf diese schmerzhafte Weise klar, was ein Kind für uns Eltern bedeutete und dass wir unsere Kinder nicht vor allem beschützen konnten.

Wenn ein Kind stirbt, dann *gefriert einem das Herz*. Es wird einem förmlich das Herz gebrochen.

Es fehlt ein Leben lang, egal wie lange der Todestag her ist. Das zu verkraften gelingt nur, indem man sich selbst erlaubt, wieder ein eigenes positives Leben führen zu dürfen. Zugleich kann man sich nicht selbst verzeihen, quasi die Absolution für das Geschehene erteilen. Man beginnt, das eigene Leben abzuwägen. Alt gegen jung, Elternteil gegen Kind, gesund gegen krank usw.

Dieses zermürbende Feilschen forderte sämtliche Kraft. Kraft die ohnehin durch die Trauer aufgebraucht war.

Der Gang an das Grab dieses Kindes war der Schlimmste, den ich je erlebt habe. Dafür gibt es keinen Trost, kein Versprechen auf später und keinen Ersatz. Nachdem alle Trauergäste gegangen waren, blieben wir mit Thomas Sohn und dessen Freundin noch lange am Grab. Wir wußten, dass wir das gemeinsam und zugleich jeder auf seine Weise verarbeiten und begreifen müssen. Ein langer Prozess des Abschiednehmens hatte begonnen.

Nur sehr langsam holten wir uns das Leben zurück. Ein Leben unter anderen Vorzeichen mit einer tiefen Wunde, die nie ganz heilen würde.

Momente des freien Falls

Der Verlust des Kindes, den man so hautnah miterlebt hat, wie ich bei meinem Partner, löste einen Strudel der Traurigkeit, Wut und Hilflosigkeit in mir aus. Ein junger Mensch hatte noch sein ganzes Leben vor sich. „Es ist wider die Natur", wie der Pfarrer auf der Trauerfeier sagte, „dass ein Kind vor seinen Eltern stirbt."

Die Rebellion der Gefühle wurde unbeherrschbar. Drohte mir selbst ein solcher Verlust? Wie konnte ich das verhindern? Könnte ich jemals damit leben? Wer wäre verantwortlich? Über diese Fragen senkte sich eine endlose Traurigkeit wie dichter Nebel auf mein Gemüt. Es wurde schwerer und schwerer. So schwer, dass das morgendliche Aufstehen zur Qual wurde. Wozu? Wo war die Reset-Taste des Lebens?

Ich saß im Fahrstuhl der Gefühle. Nichts Schönes konnte ich mehr als solches empfinden. Mich selbst schön zu machen, erschien mir absurd. Ein bizarres und nicht enden wollendes Fallen hatte begonnen. Das Reale fand nur noch in einer Parallelwelt statt.

Schließlich suchte ich eine Psychiaterin auf. Sie erfasste meine Lage sofort. Diagnose: Depression. Diese hatte eine körperliche und eine psychische Seite. Die Fehlfunktion des Körpers konnte mit der Zugabe von Serotonin „repariert" werden. Ich begann, Cipralex zu nehmen.

Aber der Kopf brauchte Antworten! Ein Licht am Ende des Tunnels!

Mein Freund fuhr mit mir zum Jahresende zum Schloss Neuschwanstein, ein paar Tage ausbrechen. Dieser idyllisch-kitschige Ort verstärkte meine

Negativwahrnehmung noch. Selbst Gelächter am Nachbartisch störte. Wir brachen vorzeitig wieder nach Hause auf. Er meinte es gut. Meine Gefühle, die Gewitter im Kopf, konnte ich ihm nicht vermitteln. Was es mit mir machte, war nicht nachfühlbar, nicht vermittelbar. Ich brauchte Abstand und wir gaben ihn uns.

Nach sechs Wochen konnte ich wieder ein paar Stunden durchgehend schlafen, dank der Medikamente. Das tat gut. Ich fing an, mich wieder besser konzentrieren zu können. Viele Gespräche mit meiner Psychologin zeigten mir, dass es viel Zeit brauchen würde, bis die Wunde im Herzen heilen und ein modus vivendi mit der Situation gefunden werden konnte. Ein Neubeginn unter anderen Vorzeichen musste und konnte gefunden werden.

Die Ängste um die eigenen Vertrauten werden wieder der Realität Stück für Stück angepasst. Die Erfahrung, dass der eigene Geist nicht stets beherrschbar sein kann, muss akzeptiert werden. Dass dies eine Episode des Lebens ist, lerne ich. Wir verbringen die Zeit als Paar wieder zusammen.

Sobald wir an Orten sind, die mit zu viel Erinnerung behaftet sind, weinen wir. Auch das darf so sein. Das Geschehene ordne ich nun in mein Leben ein. Monate vergehen. Aus dieser tiefen Erfahrung ziehe ich meine Lehren.

Ich male ein Bild eines zerbrechenden Herzens als abschließende visuelle Endnote. Der Tunnel, er hat wieder ein Licht, ganz am Ende.

Wir, Thomas, sein Sohn, seine Freundin und ich, haben auf ganz unterschiedliche Art dieses Ereignis in unser Leben integriert und gehen ganz unterschiedlich mit der Trauer um. Uns vereint ein Tattoo, das wir uns haben stechen lassen und uns verbindet.

Der weiße Rabe

Da ich trotz meiner beruflichen und familiären Verpflichtungen und sonstigen
Hobbys noch Zeit übrighatte, beschloss
ich, mich ehrenamtlich zu betätigen.
Für mich kam aufgrund meiner Affinität
zu älteren Menschen nur eine Aufgabe
in diesem Tätigkeitsfeld in Frage.
Nach einer Recherche entdeckte ich,
dass Ehrenamtliche für ältere Menschen
in Pflege- bzw. Altersheimen eine Pa-
tenschaft übernehmen können. Diese besteht vor allem darin, Zeit mit diesen
zu verbringen.

Ich bewarb mich und mir wurde eine ältere Dame in einem Altenstift vermittelt, die nur noch sehr selten von ihrer einzig verbliebenen Tochter besucht wurde. Wir vereinbarten ein erstes Treffen über die Heimleitung, die
mich zuvor mit den Regularien vertraut
machte.

Als ich danach das geräumige Zimmer der
Bewohnerin betrat, erwartete sie mich
schon. Sie war an den Rollstuhl gebunden; eine Rückenmarksoperation hatte
zu dieser Behinderung geführt. Sie war
72 Jahre alt und geistig sehr fit. Wir
sprachen über ihre Interessen; dabei

stellte sich heraus, dass sie sehr viel und sehr gern las, genau wie ich. Leider war die Bibliothek im Altenstift nicht mit Literatur gefüllt, die sie interessierte. Ihre vielen eigenen Bücher hatte sie nicht mitnehmen können. Außerdem vermisste sie ihre Küche, da sie früher eine leidenschaftliche Köchin gewesen war. Das Kochen gehörte auch zu meinen Leidenschaften; Parallelen zeichneten sich also ab.

Wir hatten für jedes Treffen einen vorgegebenen Zeitrahmen von einer Stunde, um die Abläufe im Heim nicht zu stören.

Nach einer Stunde verabschiedete ich mich und freute mich schon auf unser nächstes Treffen, da sie mir sehr sympathisch war.

Zu unserem nächsten Treffen brachte ich zwei Bücher mit, was sie sehr freute. Wir beschlossen, uns zu duzen, also Elisabeth und Carolin. Sie beklagte sich wieder über das Essen, das so lieblos wäre. Da sie vermögend war, konnte sie es sich leisten, hin und wieder etwas zu essen zu bestellen. Daher stand heute ein Kuchen für uns bereit!

Wir genossen den Kuchen und sie begann von ihrem Leben zu erzählen. Ihr Mann war bereits vor vielen Jahren gestorben und sie hatten eine sehr glückliche Ehe geführt. Er hatte sehr unter den Kriegserfahrungen gelitten und diese hatten sein Gemüt sehr belastet. Überhaupt war das Thema Krieg für sie sehr aktuell. Sie las jeden Tag die Zeitung und fürchtete um die künftigen Generationen, nur würde der nächste Krieg ein anderer sein. Schon wieder war die Zeit vorbei, ein Pfleger kam, um uns daran zu erinnern. Sie mochte ihn, er war ein empathischer Mann.

Immer wenn ich das Altenstift betrat nahm ich diesen besonderen Geruch nach Antiseptikum und Sekreten wahr. Die Heimbewohner standen oft aufgereiht und beschäftigungslos in ihren Rollstühlen in den Gängen. Einige spielten in der Bibliothek Gesellschaftsspiele. In der Demenzabteilung beschäftigten Krankenpfleger die Patienten. Am Eingang hing eine große Tafel mit den Anzeigen der in der Woche Verstorbenen. Alles erinnert mehr an ein Krankenhaus, Endstation, denn an einen Ort des Lebens. Die Beschäftigten geben sich alle Mühe, den Bewohnern diesen letzten

Lebensabschnitt so angenehm wie möglich zu gestalten. Eine aufzehrende und belastende Tätigkeit. Einige Bewohner des Altenstifts werden täglich von ihren Angehörigen besucht, manche haben niemanden mehr. Während dieser ehrenamtlichen Tätigkeit ist mir klar geworden, wie entscheidend die körperliche und geistige Gesundheit für die Lebensqualität im Alter ist.

Vor dem nächsten Treffen ging es bei mir hektisch zu, weil ich eine anstrengende Beziehungswoche hinter mir hatte. Etwas aufgewühlt kam ich zu unserem *Date*. Sie bemerkte meine Unruhe sofort und so sprachen wir über Beziehungen im Allgemeinen und Ehen im Besonderen. Wir vertrauten uns, weil wir uns auf Augenhöhe begegneten. Jede Ehe, jede Beziehung hat Höhen und Tiefen. Den idealen Partner gibt es wohl nicht. Sie sagte: „Der ideale Mann ist wie der *weiße Rabe*, es gibt ihn nicht, nicht in natura." Ich war immer wieder gerührt von solchen Sätzen, die alles auf den Punkt brachten.

Bei unserem nächsten Treffen war sie niedergeschlagen. Was machte ihr Leben

noch für einen Sinn in diesen fünfund-
zwanzig Quadratmetern im Rollstuhl.
Angewiesen auf Pfleger, die sie manchmal im Garten spazieren fuhren. Die Ge-
meinschaftsräume waren ihr ein Graus,
<u>nur alte Leute</u>!

Wir lachten uns kringelig über diesen
Satz. Jetzt war sie wieder fröhlich und
mir wurde klar, dass dies eine unglaublich wertvolle gemeinsame Zeit für sie
war.

Über die Weihnachtsferien gab es keine
Besuche, da waren die Verwandten da.
Bei unserem ersten Treffen im neuen

Jahr brachte ich ihr ein selbstgemaltes Bild mit, ein *weißer Rabe* im Schnee. Wir suchten einen guten Platz für das Bild, das ihr sehr gefiel. Im Frühjahr wollten wir einen Ausflug wagen, damit sie wieder einmal aus dem Heim herauskam. Wir besprachen alles Organisatorische, da sie sich vorbereiten musste auf solch ein Unternehmen. Sie war aufgrund der Rückenoperation und der durchtrennten Nerven inkontinent. Ich fragte mich, ob ich mit all diesen Handicaps so souverän umgehen könnte wie sie. Dass sie so offen über dies Themen

sprechen konnte, fand ich bewunderns-
wert.

Eine Woche später kam ich vorbei, als sie gerade den Bibelfunk hörte. Ich setzte mich dazu und wir begannen zu lachen und konnten schier nicht mehr aufhören über so viele wohlfeile „Anek-doten", wie sie es nannte. Sie zeigte mir ein Bild von einem indischen Guru, an den sie in Wahrheit glaubte. Auf einer Reise durch Indien mit ihrem Mann, hatte sie ihn kennengelernt. Sie akzeptierte jedoch auch meinen

Atheismus und meinte, dass das zu mir passen würde.

Das Wetter wurde immer schöner und sie konnte jetzt jeden Tag auf ihrer kleinen Terrasse mit Blick auf den nahegelegenen Wald die Vögel im Wald beobachten. Sie kannte alle Arten ganz genau. Sie liebte wie ich die Natur und vermisste sie.

Beim Hinausgehen aus dem Altenstift rief mich die Heimleitung zu sich. Ob ich noch andere Menschen betreuen wollte. Es ginge meinem „Patenkind" so gut, seit wir uns trafen. Ich lehnte dies nach reiflicher Überlegung ab. Elisabeth war sicher geistig sehr fit und das waren hier sehr viele nicht mehr. Die Chemie zwischen uns war wunderbar und etwas Besonderes. Für mich war es keine beliebig ergänzbare Aufgabe.

Schließlich planten wir den Ausflug, denn auch das musste mit der Heimleitung abgesprochen werden. Als es fast so weit war, erhielt ich ein Schreiben von der Heimleitung. Wegen der geltenden Corcnavorgaben waren weitere Kontakte mit den Heimbewohnern untersagt.

Ich war traurig und konnte nur ahnen, wie grausam das jetzt für Elisabeth sein musste. Wir sahen uns über ein Jahr nicht mehr. Als ich den Kontakt wieder aufnehmen wollte, war sie nicht mehr da.

Ich malte noch einmal einen weißen Raben, der mich immer an sie erinnern würde.

Nachwort

Mit dieser Biografie lasse ich mein bisheriges Leben Revue passieren. Eine der Herausforderungen für mich bestand viele Jahre lang darin, eine Familie mit drei Kindern, Söhnen, und einem in einer anderen Stadt berufstätigen Mann zu meistern. Diesbezüglich sind mir wahrscheinlich viele Wesenszüge einer Steinbockfrau, die ich durch und durch bin, nützlich gewesen. Dazu hat es Kompromisse auf beiden Seiten bedurft. Dass sich dieser Prozess lohnte und nicht in jedem Detail möglich war, zeigt, dass ein respektvoller Umgang miteinander die Basis für gute familiäre Beziehungen ist.

In den letzten Jahren habe ich die innere Stärke gewonnen, toxische Beziehungen zu beenden. Auch dies war im Ergebnis ein konstruktiver und positiver Prozess. Ich habe zu meinen Kindern ein gutes und offenes Verhältnis und habe ihre Unterstützung, wenn es nötig ist. Für sie bin ich immer da, was sie wissen und schätzen.

In meinem Leben musste ich wegen der häufigen freiwilligen und unfreiwilligen Ortswechsel immer wieder eine neue Clique oder Gruppe finden, in der ich mich aufgehoben fühlte. In jungen Jahren war dieses Bedürfnis verstärkt da, da eine Clique immer einen Rückhalt und Schutz bedeutete. Vielleicht ein Urtrieb des Menschen. Heute sind mir wenige gute Freundinnen und Freunde wichtiger. Die Mannigfaltigkeit der Lebensentwürfe und Lebensphilosophien engt die Schnittmenge deutlich ein. Die Erfahrung, dass neue Bindungen in jedem Alter noch möglich und lohnend sind, möchte ich nicht missen. Gerade in der heutigen schnelllebigen Zeit bedarf es zwar immer größerer eigener Anstrengungen, hier nie nachzulassen, aber es ist möglich.

Sehr vertraute und geliebte Menschen zu verlieren, waren meine schmerzhaftesten Erfahrungen. Dies hat mitunter zu psychischen Krisen geführt. Dies nicht als Schwäche, sondern als notwendige Erfahrung, um daran zu wachsen, zu erkennen, verdanke ich einigen guten Psychologinnen. Dass dieses „Bekenntnis" sogar in meinem eigenen

Freundeskreis Freundschaften beendet hat, empfinde ich als Defizit der Gesellschaft insgesamt.

Ich gehe jedoch mit Zuversicht in meine weitere Zukunft, da ich mich darauf verlassen kann, dass ich Menschen an meiner Seite haben werde, die selbstreflektiert sind und nicht einem perfektionistischen Persönlichkeitsbild erliegen. Immer wieder neue Menschen kennen zu lernen, Freundschaften zu knüpfen, empfinde ich als eine Bereicherung meines Lebens.

Meine Erkenntnis aus allem Erlebten ist, dass es wichtig ist, zu Lebzeiten das Beste aus allem zu machen, und das fängt bei einem selbst an. Wie groß der Kosmos ist, in dem dies umsetzbar ist, ist ein für mich nicht enden wollender spannender Erkenntnisprozess.

Zugleich gibt es wichtige Konstanten, *Ankerplätze*, in meinem Leben, für die die ersten Lebensjahre entscheidend waren. Die Liebe zur Natur, sich darin aufzuhalten, diese immer wieder neu zu entdecken und dazu beizutragen, dass sie bewahrt wird. Dass ich dies nicht nur im Privaten, sondern auch in meinem Job tun kann, erfüllt mich immer wieder mit großer Zufriedenheit.

Die Affinität zu älteren Menschen, die mit großer Wahrscheinlichkeit durch das Aufwachsen bei meiner Großmutter entstanden ist, gab mir den Anreiz, mich um diese Menschen zu kümmern und sie nicht vor der Gesellschaft auszuschließen. Immer wieder lerne ich noch heute von älteren Menschen, ihren persönlichen Geschichten und ihren Prägungen.

Entscheidend ist für mich auch, einen beständigen räumlichen Rückzugsort zu haben, an dem ich mich wohl fühle. Diesen habe ich in Freiburg gefunden. Den stattfindenden und kommenden Veränderungen kann ich von dort aus zuversichtlich begegnen, da ich in der Lage bin, meine Rolle aktiv zu gestalten.

Psychische Krisen werden nie ganz zu verhindern sein, dazu ist das Leben zu bunt. Aber auch diese können gemeistert werden und gestärkt geht man daraus mit Zuversicht hervor.

Ende

Herstellung und Verlag:
BoD – Books on Demand, Norderstedt
ISBN: 9783754357378

FSC
www.fsc.org

MIX

Papier aus ver-
antwortungsvollen
Quellen
Paper from
responsible sources

FSC® C105338